華は天命に惑う

莉国後宮女医伝　二

小田菜摘

角川文庫
24033

もくじ

イラスト／Minoru

主な登場人物紹介

李《り》翠《すい》珠《しゅ》

女子太医学校を首席で
卒業し、研修中の新人女医。
市井の医院で働くことを
希望していたが、
ひょんなことから
内廷（後宮）勤務に――。

晏《あん》紫《し》霞《か》

内廷勤務になった翠珠の指導医
で姉弟子。
医学が大好きでやや変人の域に
達しかけている。絶世の美女。

イラスト／Minoru

鄭《てい》夕《ゆう》宵《しょう》

御史台の若き官吏。
正義感が強く、まっすぐで公明正大。
内廷の事件を捜査することが多く、
よく妃嬪の住まいに出入りしている。

呂《ろ》貴《き》妃《ひ》

芍薬殿に住む妃。
現在は孤閨をかこっている。
尊大だが、後宮のことを第一に考える
厳格な人物。

陶《とう》警《けい》吏《り》

警吏局の役人で《枯花教》を
厳しく取り締まる。
子供達の不審死が続く。

栄《えい》嬪《ひん》

芙蓉殿に住まう横暴な嬪。懐妊中。
眩暈の症状があり
紫霞の診察を受けている。

孫《そん》嬪《ひん》

紫苑殿の嬪。
呂貴妃から西六殿の管理を任される。

礼《れい》氏《し》

紫苑殿の若い侍妾。
皇帝の寵愛が深く、翠珠が担当医となる。
薬を飲みたがらない。

青《せい》巒《らん》長《ちょう》公《こう》主《しゅ》

皇帝の異母姉。
昔、痘瘡に罹患し容貌をひどく損なった。
人目を避け、奥北区の山茶花殿に
住んでいる。

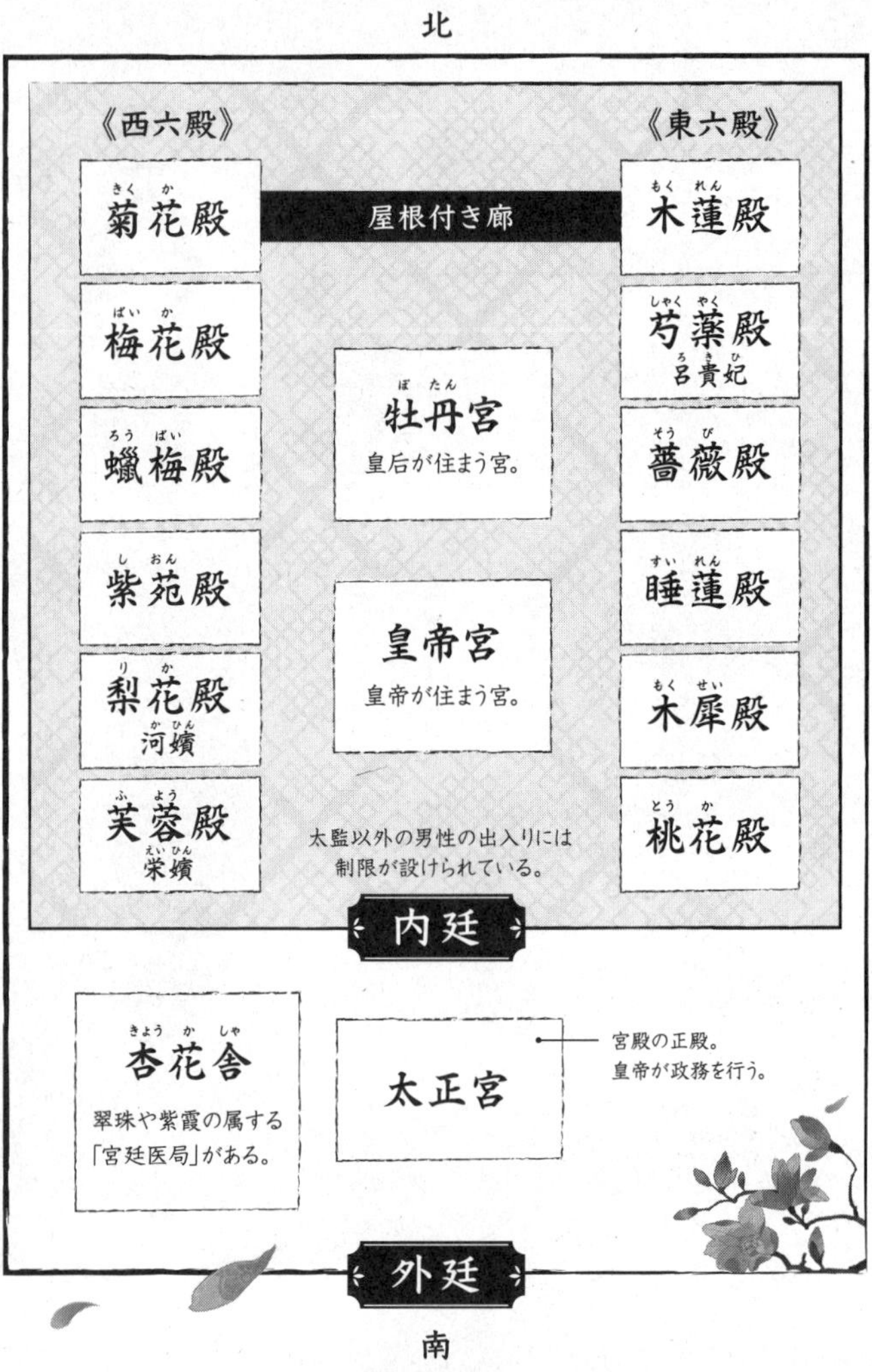
北
《西六殿》
菊《きく》花《か》殿
梅《ばい》花《か》殿
蠟《ろう》梅《ばい》殿
紫《し》苑《おん》殿
梨《り》花《か》殿
河《か》嬪《ひん》
芙《ふ》蓉《よう》殿
栄《えい》嬪《ひん》
屋根付き廊
牡《ぼ》丹《たん》宮
皇后が住まう宮。
皇帝宮
皇帝が住まう宮。
太監以外の男性の出入りには
制限が設けられている。
《東六殿》
木《もく》蓮《れん》殿
芍《しゃく》薬《やく》殿
呂《ろ》貴《き》妃《ひ》
薔《そう》薇《び》殿
睡《すい》蓮《れん》殿
木《もく》犀《せい》殿
桃《とう》花《か》殿
内廷
杏《きょう》花《か》舎《しゃ》
翠珠や紫霞の属する
「宮廷医局」がある。
太正宮
宮殿の正殿。
皇帝が政務を行う。
外廷
南

第一話　女子医官、村里にゆく

「天花が発生した？」

その病名を聞いたとき、十九歳の女子医官・李翠珠《りすいしゅ》は身震いをした。

天花とは痘瘡《とうそう》（天然痘）の俗称だ。全身に生じた赤い発疹《はっしん》は数日後に膨れ上がり、高熱で罹患《りかん》者を苦悶《くもん》させ、最終的に痂皮《かひ》となって脱落する。この症状が、あたかも咲いた花が枯れて落花するようだとして、いつしか「天花」と呼ばれるようになった。罹患者の半数近くが死に致り、生き延びたとしても醜い瘢痕《はんこん》が残るこの恐ろしい病にそんな美称をつけた者の感覚が翠珠は分からない。

報《しら》せを持ってきたのは彼女の指導医でもある先輩女医・晏紫霞《あんしか》だった。碧空《へきくう》の下でしなやかに凜《りん》と花を咲かせる紫木蓮《しもくれん》を思わせる絶世の美女である。二人は宮廷医局に属する医官で、翠珠は赤の比甲《ひこう》（袖無《そでな》しの上着）を官服とする少士《しょうし》。紫霞はその上の位で緑の比甲の中士《ちゅうし》である。ちなみに最上位の大士《たいし》には紫の比甲が与えられる。

長身の紫霞と並ぶと、小柄な翠珠は彼女を見上げた形になる。師にむける活《い》き活《い》きと輝く黒い眸《ひとみ》が、現在の充実した状況を表している。可愛らしい顔立ちに加え、引き締まった身体とすんなりと伸びた手足が、俊敏な小鹿や栗鼠《りす》を思わせる人好きのする容貌《ようぼう》の乙女であった。

朝一番に詰所に入って診療録を眺めていた翠珠に、後からやってきた紫霞がその恐ろしい情報を伝えたのである。

「景京《けいきょう》から馬車で一刻《こく》（この場合は二時間）ほどにある北村《きたむら》よ。幸いにして順痘《じゅんとう》のようだから、大事にはならないでしょう」

「あ、そっちですか」

ほっとしつつも気抜けした。

「驚きましたよ。天花というから、強毒性のものかと思いました」

意外と知られていないのだが、天花、すなわち痘瘡にはいくつかの症（病気の徴候）がある。病の正常な経過をたどり、自然に治癒する順症。強い痘毒により劇症となる険症。正常ではない、あるいは予期に反している逆症である。

世間から恐れられているのは、険症や逆症の経過をとる強毒性の痘瘡である。北村で発症した順痘は、順症の経過をとる比較的穏やかな痘瘡だった。世間では軽い天花などと呼ばれている。

医師同士が話すときは、痘瘡という疾病《しっぺい》名を使うことがほとんどなのに、なんの気まぐれで紫霞は天花などと俗名を使ったのやらだった。

「李少士は、痘苗《とうびょう》（痘瘡のワクチン）を接種しているのよね」

「はい。母が受けさせてくれました。その頃に痘瘡が流行《はや》ったらしいので、手持ちの痘苗を使ったそうです。私は覚えていないのですが」

「医師のお母様の証言なら確かでしょう。でも、それなら安心ね」

うんうんと紫霞は独りでうなずいている。だいたいこういうときは面倒ごとを押し付けられるので翠珠は身構えた。

「北村に行ってちょうだい」

要請が端的なのは良いが、圧倒的に説明が不足している。

「あっちは山村で景京《ここ》よりも冷えるから、外套《がいとう》を着ていったほうがいいわよ」

「救護班ですか？」

ほんの数か月前まで市井の官立医療院で働いていた翠珠は、建築現場での大事故のさいに救護班に駆り出された経験がある。その類《たぐい》のものだと思ったが、宗室、並びに後宮の者も含めた官人を対象とする宮廷医局の医官が駆り出されるとは思っていなかった。

紫霞はかぶりを振った。

「人口も少ないし、順痘だもの。救護班までは必要ないわ」

「じゃあ、なんですか？」

首を傾げる翠珠に紫霞は「痂《かさぶた》を採ってきてほしいのよ」と、傍《はた》から聞けば意味の分からぬ命令をした。

国の医薬業務を司《つかさど》る行政機関・医官局の長年の課題は二つある。

ひとつは安全な麻酔薬の開発。古代に開発されたという麻酔・麻沸散《まふつさん》は、安全性や適応に問題が多く、迂闊《うかつ》に用いることができない。結果として外科医療の停滞を招いている。

そしてもうひとつが、痘苗の恒常的な生産である。

この国、いやこの世に痘瘡が出現してから何百年が過ぎたのだろう。歴史書に掲載されているような古い時代には何十年に一度の頻度での流行だったが、人口が増え、人の往来が活発になった現代では、隔年に近い頻度でどこかの地方で流行していた。

医師達はもう何百年という年月、この恐怖の病と果敢に闘い、しかし虚《むな》しく敗れ去っていた。

克服の糸口が見えはじめたのが、ここ半世紀程のことである。

一度痘瘡に罹《かか》った者は、再度罹患しない。長い闘いの中で、その知識は漠然と人々の中にあった。そこから、ならば比較的経過のよい順痘に故意に罹らせれば、険症や逆症を呈する強毒性の痘瘡に罹らなくなるのではと最初に思いついた者の功績は、国をひとつ授けてもよいほどのものだと翠珠は思っている。

より安全な痘苗を作るために様々に試行錯誤がくりかえされ、その間には研究者、ならびに治験者の死亡という悲劇も起きた。それらの犠牲を経て、現在もっとも安全性と効果が高いとされているのが、経過が良好な順痘の患者の痂皮で製造した痘苗だった。

解毒処置を施した痂皮を接種させると、高確率で順痘を引き起こす。するとその者は生涯痘瘡に罹らなくなるという理屈である。接種には様々な手法が試みられたが、いまでは専用の針に痘苗を摂《と》り、腕に刺して皮膚に植え付ける方法が主流となっている。

医官局としては可能なかぎり接種拡大を狙いたいのだが、いかんせん費用も手間もかかる。ましていくら軽症と説明しても、天花と聞いただけで拒絶反応を示す者は多い。

実際に稀《まれ》ではあるが、痘苗接種により強毒性の痘瘡を発症する者もいるから医師側も強いることはできない。おまけに一人でもその患者を出してしまえば、瞬く間に拡大して、同じ症状の患者を増やしてしまう危険もあるのだ。

とはいえ恩恵と損害を天秤《てんびん》にかけた場合、圧倒的に前者に傾く。現在の技術では、痘苗接種の失敗の確率は千人に一人と非常に低値である。それゆえ痘苗の研究開発は滞ることなく進められており、今回の順痘発症にあたって担当者達が痘苗の材料となる痂皮の採取に赴くこととなったのである。

選抜隊の第一の条件は痘瘡の感染歴がある者、ないしは痘苗接種をした者だ。その中で若くて体力のある者達で構成された。翠珠はその一人に選ばれたのである。宮廷医局からは翠珠と、日ごろから親しくしている後輩の男性医官・霍《かく》少士。太医学校からは二十代の男女の医官が二人ずつ。この計六人を、太医学校で教鞭《きょうべん》を執る四十代の担当医官が率いる形になった。ちなみに中士である彼をのぞく六人は全員少士だった。

男女に分かれて、馬車で現地に向かう。翠珠と同乗した二人の女子医官はともに痘苗接種者だった。

「実は女のほうが、接種者は多いのよね。宮廷医局の彼は知らないけど、太医学校の二人は感染者で痘苗は接種していないのよ」

背の高い一人の証言が翠珠には意外だった。翠珠のように医師の子供は別だが、一般の家庭において痘苗接種は費用が高くて容易に受けられない。

「そうなんですか？　そういう場合って、普通は男子が優遇されるものと」

「やっぱりなんのかんのいっても失敗した場合が怖いのよ。男は家を継ぐ存在だから亡くせないけど、女は外に出すから万が一の場合があってもしかたがないと諦《あきら》められるからじゃない」

どこか投げやりに女子医官は言った。翠珠も辟易《へきえき》したが、まあそんなところだろう。

女子医官という、この国において珍しく経済力を持つ立場にあるとうっかり忘れてしまうことだが、本来女子とは父に従い、夫に従い、老いては息子に従うという、あくまでも男に従属する存在なのだ。

「あと痘痕《あばた》が残った場合の不憫《ふびん》さが、女のほうが強いという親心もあるのでしょうね」

もう一人の女子医官が、まるで弁明のように口を挟んだ。

確かにそういう視点もあるかもしれない。もちろん男とてよくはなかろうが、特に容姿を損なうことにかんしては、どうしても女子のほうが不憫に思えてしまう。まあ娘に接種させて安全だったら息子にという展開も実際にはありそうな気もするのだが。

釈然としない顔をする翠珠に、女子医官はふいと表情をあらためた。

「李少士は、痘瘡《とうそう》の後遺症がひどい人を見たことがある？」

「何人かは……ただ、全員が男性でした」

「女は家を出なくなるからよ。もしくは鏡を見て命を絶った若い女性もいるわ」

翠珠が言葉を失っていると、もう一人の女子医官が言った。

「私は一度見たことがあるわ。医療院で研修をしているときだったけど、皮膚炎の悪化でやむにやまれずに来院してきたの。ずっと蓋頭《がいとう》をかぶっていたけど、患部が顔周りだったから、診察のときはどうしたって外してもらわなくてはいけなくて――ちょっとひどかったわね。おまけに右目はつぶれていたし。十七歳であれは本当に可哀想だった」

「そういう話を聞くと、やはり痘苗を接種していてよかったと思うわ」

しみじみと語る二人の横で、翠珠はすっかり気持ちが重たくなった。

そのうえで、見たことがないから苦しんでいる人がいないというわけではないと、あらためて思い知らされた。

それからいろいろな話をしているうちに、馬車は目的地の北村に到着した。

都から一刻と少しの山村は、畑作を中心とした農村である。土壌や川との位置関係から水田は作れないが、野菜や果樹等の特産品を都に出荷しており、そこそこに豊かな村だと聞いている。しかし今日眺めた範囲では、畑や通りに人影は見られなかった。

流行《はや》り病《やまい》が出たときは、無闇な外出を控えるよう達しが出る。今回もそれに倣ったのだろう。順痘だから健康な子供はここで罹ってもらったほうがよいのかもしれないが、体調の悪い者、持病のある者は命とりとなる場合もある。ゆえに無作為に罹患《りかん》させてよいわけではないのだ。

村長の案内で入った集会所には、痂のある子供達が何人か集められていた。熱は下がっていることもあって、みななかなか元気である。痂もさほど厚いものではなく、痕《あと》も目立ちそうもない。

作業はここからである。まずは経過がよさそうな子供と、そうではない子供の選別だ。これは担当の中士が行う。是とされた子供達の痂はほぼ落屑《らくせつ》寸前で、それをやさしくはらうようにして落ちたものだけを採取する。それ以前の、まだ皮膚についている痂は対象外である。そのように伝えていたはずなのだが、官庁から御達しを受けた村長が張りきってしまったのか、まだ痂が盛りあがっている子供も数名いた。

その子達を指差して、中士は村長に言った。

「いまさらだが、この子達はもう少し隔離しておいたほうがよい。落屑まではまだうつる危険性がある」

村長は身をすくめ、子供達を家に帰るようにどやしつけた。自分で集めておいて、ずいぶんな扱いだと、翠珠をはじめとした若い医官達は呆《あき》れかえった。

(そりゃあ、知識のない人からすれば怖いでしょうけど)

痘瘡や麻疹《はしか》など、ある種の熱病が人から人にうつるという観念が常識となったのは、実はそれほど昔のことではない。

かつてはすべての熱病に傷寒論の教えが根付いていた。これはあらゆる熱病が寒邪の侵害によるものとする考である。

自然における気候変化は六気と呼ばれる風《ふう》、寒《かん》、暑《しょ》、湿《しつ》、燥《そう》、火《か》がある。

この六気に過不足が生じる、あるいは季節外れの到来が起きた場合、邪気という病の原因に変化する。季節の変わり目に体調を崩しやすいのはこの為である。寒邪とは寒が邪気となったものである。

熱病の治療はその方針に従って行われ、一定の効果はあげていた。

しかしそれだけでは説明、治療のできない病が出現すると、やがて目に見えず臭いもない病原、戻気《れいき》という概念が生まれた。

ここから温疫《おんえき》論が唱えられるようになる。

これはある種の流行り病は、自然界の邪気ではなく戻気という病の原因が体内に入り込むことによって発症するという考え方である。となれば目に見えない戻気を避けることと減することが、治療、および罹患の予防につながるという方針に変わる。

これにより、いまでは基本とも言える疫病《えきびょう》対策が成立した。具体的に言えば、他人との接触を避ける。こまめに手を洗う。口と鼻を覆う等である。しかし痘瘡の強力な伝染力はそんな対策を軽く凌駕《りょうが》する。となれば戻気を根絶させる痘苗《とうびょう》接種が一番の有効手段となるのだった。

集めた痂皮《かひ》を薬壺《やっこ》に収め、翠珠達は集会所をあとにした。外套《がいとう》をはおって門扉まで出ると、馬車の車体だけが残っていた。そういえば下車した際、馬に水を飲ませるからと駆者《ぎょしゃ》達が少し離れた川に行くと言っていた。

「ちょっと様子を見てきます」

一番若い霍少士が歩きはじめたので、翠珠も「私も一緒に」とあとにつづいた。

霍少士は男子医官の中では一番親しくしている相手で、彼も翠珠のことを師姐《シージェ》と慕ってくれている。宮廷医局での経験は彼のほうが長いが、医官としての経歴と年齢は翠珠のほうが一つ上なので、なんとなく気にかけてしまう。

あまり整備されていない埃《ほこり》っぽい田舎道を、二人並んで歩く。村長によれば、川につづく道はここしかないというから、駆者達と入れ違いとなることはあるまい。

あたりには田畑と粗末な家々がちらほらと見える。周りを囲む山肌を埋める常緑樹の緑の中に、わずかに朽ちた葉を残した落葉樹が枝を伸ばしている。景京では見られない長閑《のどか》な風景である。

「師姐が宮廷に来てから、どれくらいになりますかね」

同じ景色に見飽きた頃、まるで図ったように霍少士が尋ねた。

「梅雨の頃だったから、まだ半年は経っていないわね」

「ほんと、とつぜんの異動でしたもんね」

「まあね」

いまでは苦笑いもできるが、当時は本当にわけが分からなかった。

女子太医学校を卒業後、翠珠は研修先として官立の医療院を選んだ。民間人に無料で診察を行うこの施設には、老若男女さまざまな疾病《しっぺい》の患者が訪れる。二年の研修期間が終われば、南州《なんしゅう》にある実家の医院で働くつもりでいた翠珠にはうってつけの研修先だった。翠珠の家は祖母、母と二代にわたって女医が経営する医院である。

ところがあることがきっかけで、宮廷医局所属となった。街の薬舗で偶然助けた婦人が後宮の最高位の妃《きさき》・呂貴妃《ろきひ》付きの女官で、彼女を通して呂貴妃の服薬を手伝うために強制的に異動させられたのである。

そのあと色々な事件があった。苦い思いも経験した。それでもいまはなんとか落ちついている。呂貴妃もいまはもともとの担当医である冬大士《とうたいし》と、因縁はあったが和解をした紫霞の二人から治療を受けている。紫霞は呂貴妃の甥《おい》の妻であったが、ゆえあって離婚をしていた。

それからしばらく歩いたが、依然として馭者達の姿は見えなかった。村長は川はそこそこに遠いと言っていたから、いまごろ彼らも慌てて戻ってきているのかもしれない。

「なんですかね、あれ？」

霍少士が指さした先は、建物と井戸に囲まれて辻《つじ》のようになった場所で、そこにやけに人だかりができていた。こんな田舎でなにが起きたのかというのもあるが、なにより軽症で沈静化しつつあるとはいえ、痘瘡拡大の危険がまだ残っている状況であの人だかりはよろしくない。そもそも痘瘡の患者が出たという段階で、集会禁止の命令が出ているはずだ。

霍少士は不安げに言った。

「あれ、村長に言った方がいいですよね」

「中士から言ってもらいましょう。私達のような若手から言われても、村長の面子《メンツ》もあるでしょうから」

そう翠珠が答えたとき、人だかりの中から数人の子供達が走り出てきた。まばらに痂《かさぶた》の残る彼らは、先程集会所から追い返された者達である。そのことに素早く霍少士も気が付いた。

「こら、お前達。家に戻れって――」

子供達は翠珠達を見ると「わっ」と声をあげて逃げてゆく。その手に焼餅《やきもち》が握られていることに気づいて、翠珠はふたたび人だかりに目をむける。見ると端に立っている農夫達も焼餅を手にしている。中にはすでにかぶりついている者もいる。あれを配っていたのなら子供達が寄ってゆくのはとうぜんだ。

――故意に人を集めている？

その疑念が浮かんだとき、人だかりの奥でやけに陽気な男の声が響いた。

「さあ、どんどん食べて。病のときは美味《うま》いものを食って滋養《じよう》を摂《と》って、みんなで明るく笑って過ごそうじゃないか」

　翠珠と霍少士は目を見合わせる。言っていること自体は否定しないが、流行り病が広がっている時期となれば話がちがう。かといってここで「馬鹿なことを言うな！」と叱《しっ》責《せき》するには、翠珠も霍少士も年輪が足りない。

「この札を持っていれば、医者も薬も必要はない。天花だって怖がることはないよ」

「……おいおい」

　霍少士は完全に引いている。うさんくさすぎる。そうやって村民に札を売りつけるつもりか？　だとしたらますます放置してはおけない。

「村長に伝えてきましょう」

「俺が行ったほうが早いので、俺が呼んできます」

　そう言って、霍少士が走っていった。確かに走るのなら、よほど駿足《しゅんそく》の女子でないかぎり男子のほうが速いのが一般的だ。

　残された翠珠は騒ぎを注視する。人だかりから出てくる者は、全員が焼餅と黄色の紙に赤い記号が記された札を手にしている。眉《まゆ》をひそめて動向を眺めていた翠珠だが、ふとあることに気がつく。

（お金、取っていない？）

　人だかりでよく見えないが、金を受け取っているにしては人の流れが速すぎる。そもそも一枚いくらという言葉が聞こえてこなかった。

無料なら、平生であれば放っておいてよいのかもしれぬ。けれど悪疾でなくとも痘瘡《とうそう》が流行《はや》っている状況で、その行動と発言は害悪でしかない。早く村長が来てくれないかとやきもきしている翠珠の脇を、一陣の風のように人影が駆け抜けて行った。

え？　と思ったときには、人だかりにむかって一人の男が飛び込んでいた。そのあとに警棒を持った二人の男がつづく。散れ、散れという怒声に、村人達は悲鳴を上げながら蜘蛛《くも》の子を散らすように逃げ惑う。

やがて両脇を二人の男に抱えられて、小柄な初老の男が引きずりだされてきた。状況からして扇動者だと思うが、その風体は特に異彩でもなく極めて平凡だった。だからこそ先刻の過激な発言や札と焼餅を配っていたという行為が、目的が分からないだけにかえって気味が悪い。

「連れてゆけ！」

厳しい声をあげたのは、四十歳くらいの官人だった。おそらく最初に飛び込んでいった男であろう。職種までは分からぬが官服を着ている。膝丈《ひざたけ》の袍《ほう》に袴《こ》という機能的な出《い》で立ちから察するに高官ではないだろう。中級官吏といったあたりか。ひょろりと痩《や》せているが、弱々しい印象はなかった。細く吊《つ》りあがった目や尖《とが》った顎《あご》など、全体的にきつい印象の顔立ちが、狼とまでは言わぬが猟犬を思わせる。

引きずりだされた男はなにやら喚《わめ》いていたが、両脇を屈強な男二人に抱えられてはなす術《すべ》もない。そのままずるずると引きずられ、少し離れた場所に停めてあった粗末な荷馬車に放りこまれた。

官人は馬に、彼の従者と思《おぼ》しき二人の男は馭者台と荷台に乗る。そしてそれぞれに馬を走らせ、瞬く間に遠ざかって行った。

旋風のような出来事に、翠珠は呆気《あっけ》に取られて見送る。その彼女の足元に、黄色の紙が飛んできた。先ほど男が配っていた札だろう。逃げ惑う人々にさんざん踏みつけられたそれを手に取ると、そこには『枯花』という文字が記してあった。

「こ、か？」

そう読み上げたとき、辻のむこうに馬をひき連れた馭者達がようやく姿を見せた。


「それはまちがいなく『枯花教《こかきょう》』の布教活動だな」

白磁の茶杯を傾けながら、夕宵《ゆうしょう》は言った。

宮廷医局の詰所で茶を飲むこの美青年は、御史台《ぎょしだい》の官吏・鄭《てい》夕宵。二十一歳という若さで四等官の第三位となる御史に就いているのだから、かなりの選良である。職務柄の印象もあるだろうが、端整な面差しには少年のような初々しさと潔癖さがにじみ出ている。

御史台とは官人の監察、弾劾を司《つかさど》る組織。要するに役人を対象とした警察組織である。

ちなみに民間の犯罪をあつかう警吏局、後宮職員達を対象とした内廷警吏局もここの管轄となっている。内廷とは皇帝宮も含めた後宮の総称である。

一昔前まで後宮の事件は、宦官《かんがん》で構成される内廷警吏局に全権が委《ゆだ》ねられており御史台が口を挟むことはできなかった。しかし二十年程前に起きた『安南《あんなん》の獄《ごく》』と称される不祥事により後宮内における宦官の力は著しく削《そ》がれ、重大な刑事事件は御史台が扱うようになった。

今夏に起きた、後宮と宮廷医局を巻きこんだ数々の事件の担当官が夕宵だった。それを切っ掛けに、いまこうして茶を飲んで世間話をする関係になっている。

宮廷医局が使う杏花舎《きょうかしゃ》は、外廷と内廷の間に位置する宮廷では珍しい男女兼用の施設なので夕宵も気軽に入りやすいらしい。職務上で後宮に入ることを余儀なくされる御史台官だが、そのさいは宦官か女官の付き添いなど面倒な手続きが必要となってくる。

今日は医局長に話があるとのことで訪ねてきたそうだが、業務会議中だった。終了予定時間まであと四半刻《こく》（約三十分）もないから、それまで待っているとして翠珠を訪ねてきたのだった。翠珠のほうもたまたま手が空いていたこともあって、茶を出して現状に至っている。

「枯花教って、つまりなにかの宗教団体ですか」

「まあ、そんなものだろう」

断定を避けた夕宵の物言いに、翠珠は怪訝《けげん》な顔をする。夕宵は少し間をおいて、言葉をさがすように語りはじめた。

「普通、宗教団体というのは、信仰する対象、端的に言えば神みたいなものがいるだろう」

翠珠はなんとなく首肯したが、宗教団体というものに縁がないので実際のところは良く分からない。

「ところが枯花教は、別に神の存在を主張していないんだ。健康であるためにはただ自然に帰れ、そのためには薬など使うべきではない。医者も不要。健やかに長寿を保つために必要なことは、生活を律することと滋養を摂ること、そして自分達が配った札を持つことのみであると訴えつづけている。枯花という名称も、天花に対抗したものらしい。自分達が訴えるように過ごしていれば、悪疾の天花もなす術もなく枯れ果てるという」

「生薬って、全部自然界から採ったものですけどね」

しらけた顔で突っ込む翠珠に、夕宵は苦笑いを浮かべつつ相槌《あいづち》をうつ。

とはいえ疱瘡に対する主張と、薬と医者は必要ないということをのぞけば、他の言い分は間違ってはいない。札もただ渡すだけなら別に害もないように思う。

「私が見たときは、札はただで配布していました。焼餅も配っていましたから、人を集めるために使ったのでしょうか」

「枯花教は基本はそうだ。教義を聞かせるために物を配ることはあっても、金銭を要求したことはない。しかも新しい神の存在を主張していないから、皇帝陛下の存在を蔑《ないがし》ろにしているわけでもないんだ。ありていに言えば大きな実害はないから、警吏局も手をこまねいているらしい」

「いくら軽い天花でも、疫病がまだ鎮まりきっていない村で大人数を集めることは、厳重注意には該当すると思いますけど」

医学的な観点が抜け落ちた判断に、翠珠は頬を膨らませる。余談だが患者と話すときは、瘡瘡ではなく天花という俗称を使う医師が多い。そのほうが一般には通じやすいからだ。

翠珠の抗議に、夕宵は失言でもしたように肩をすくめる。

「流行り病が蔓延《まんえん》している間の集会はもちろん禁止だ。その集まりも結局は役人が来て止めたのだろう」

「村の役人にしてはちょっと風采《ふうさい》が立派だった気がしますけど、あの人は警吏官かなにかじゃないですかね」

「よほどの事件が起きないかぎり、北村まで警吏官は出向かないだろう」

「じゃあ、やっぱり村の役人だったんですかね」

地方にも警吏に値する役人はいるが、北村程度の小村ではだいたい地元から採用される雇員である。こういってはなんだが、中央官庁の正式な役人とは格がちがう。あの男は服装といい、いろいろと貫禄《かんろく》がちがっていた気がするのだが。

首を傾げる翠珠を眺めていた夕宵が、とつぜん「あ」と声をあげた。

「その役人、四十がらみの痩せて背の高い男じゃなかったか？」

「ええ、そうです。ちょっといかめしい顔をしていました」

取り締まりのさい朗らかな顔をしている者もいないだろうが、特徴はその通りである。

「御存じですか？」

「おそらくだが陶《とう》警吏だ」

「警吏なら、やっぱり中央の官吏だったんですね。でも、どうして北村なんかに」

素朴な疑問を口にするが、夕宵はちょっと気難しい顔で考えこんでいる。なにか面倒事かと訝《いぶか》っていると、ぼそりと彼は口を開く。

「――おそらく彼の単独行動だ」

「え？」

声をあげた翠珠に、夕宵はしまったとばかりに口許《くちもと》を押さえる。そしてこれ以上は臆《おく》測《そく》だからと説明をごまかした。職業上秘密が多いのはしかたがないことだが、だったら中途半端に口外するなといやみは言いたい。

反発というほどではないが気を悪くしたことが伝わったのか、そのあと夕宵はまるで翠珠の機嫌を取るように話をつづけた。

枯花教という団体が要注意として認識されたのは、ここ最近のことだという。

呪術師を先導役とした、医術に対して頑《かたく》なな偏見を持つ集団として以前から存在はしていた。麻疹《はしか》流行時に呪《まじな》いをすることはなんの問題もなかったが、そのさいに集団行動を取るなどをしたので、そのときだけ役所から弾圧されたらしい。

彼らの行動が特に注目されるようになった理由は、ここ数年来の善行がある。

そのひとつが、教義を聞かせるために集めた庶民に無料で食事を提供していることだった。札を売りつけるような真似もしていないから、これだけでその日暮らしの者達は傾倒する。二つ目は彼らが自前で救済施設を設立し、弱者達を収容していることだ。世間から不当に敬遠されがちな麻風（ハンセン病）の患者や、身体の不自由な者達などがその対象だった。

保護をしても治癒しなければ自分達の教えを疑われる危険もあるが、それまで適切な看護や介助を受けていなかった患者は、病状以上に身体の苦痛を感じている。それが手厚い保護により改善すれば、病の改善と受けとることもあるだろう。

ここだけを聞くと本当に立派で頭が下がるのだが、人々に流行《はや》り病《やまい》の拡大を招く無知な行動を煽《あお》るなど、医師から言わせれば悪行を通り越してもはや犯罪である。

いかんとも評価しがたい枯花教の実態だが、流行り病がなければ世に対しては貢献のほうが大きいので、ある程度の行動はこれまで黙認されていたのだという。

なんとも複雑な思いで翠珠は尋ねた。

「信者から金銭を供与されていないのに、救済施設の維持費や配布する食料の費用はどこから出ているんですか？」

「まあ、どこからか寄付はあるのだろう」

夕宵は言った。

「聴衆への食料配布はともかく、救済施設の運営などよほどの資金力がなければできないことだ。警吏局のほうでも調べているようだが、それが怪しげなものでなければ、現状ではさほど警戒することもないだろう——」

「天花か麻疹、鼠疫《そえき》（ペスト）でも流行らないかぎりですね」

物騒な病名ばかりに夕宵はぞっとした顔をする。翠珠自身は麻疹には子供の頃に罹《かか》っているので痘瘡《とうそう》同様で怖くないが、鼠疫はそうはいかない。国境沿いの西州《せいしゅう》出身だという同級生は、子供の頃に小規模な砂漠を挟んだ隣国で鼠疫が流行の兆しをみせはじめていたので、家族であわてて景京に引っ越してきたのだと言っていた。

二人が残った茶を飲み干したところで詰所に一人の女子医官が入ってきて、夕宵に医局長が戻ってきたので客間に来るように言った。夕宵は立ち上がり、なんとなく彼を見上げていた翠珠に言った。

「付き合ってくれてありがとう。久しぶりに話せて楽しかったよ」

「物騒な話しかしていないじゃないですか」

冗談交じりに翠珠が返すと、夕宵は確かにと答えて去っていった。そのあと空になった茶器を集めていると、呼びにきた女子医官がいそいそと近づいてきた。ぽっちゃりと丸顔の彼女は、翠珠より三歳年長の錠《じょう》少士である。

「ねえ、鄭御史とは親しいの？」

もちろんその問いを単純に友人と受け取るほど、翠珠も初心《うぶ》ではない。つまり恋愛関係かと訊《き》かれているわけである。

「そんな関係ではありませんよ」

素っ気なく返すと、錠少士は不服気な顔をした。

「え、だって楽しかったとか言っていたじゃない」

「礼儀として言いますよ。なにせ鄭御史は良家の子息ですから、庶民の私達とは育ちがちがいます。そのあたりもちゃんとしているんですよ」

医官達も別に恵まれない家柄の出ではないが、良くても裕福な庶民である。上流社会の者はたいてい文官になる。その中でも夕宵のような科挙の合格者は一握りの選良だ。もちろん家柄が良いというだけで、れっきとした試験である科挙を通ることはできないが、試験勉強に専念できる環境を得られるので、彼等の合格率は必然的に高くなる。

「そりゃそうね」

自分から言いだしておきながら、錠少士はあっさりと納得している。茶器をのせた盆を抱え、内心で翠珠は『私も楽しかったけど』とは思った。


たまには顔を見せろと呂貴妃が言っていた。

そう紫霞から伝言を受けたので、翠珠は彼女の殿を訪れることにした。

後宮の中心には皇帝宮と皇后宮が南北に並ぶ。皇后宮は牡丹宮《ぼたんきゅう》と称されており、これら二つの宮の東西のそれぞれの区に、妃嬪《ひひん》達の殿が六つずつ並んでいる。

東六殿と呼ばれる建物は、木蓮《もくれん》殿、芍薬《しゃくやく》殿、薔薇《そうび》殿、睡蓮《すいれん》殿、木犀《もくせい》殿、桃花《とうか》殿。西六殿は菊花《きくか》殿、梅花《ばいか》殿、蠟梅《ろうばい》殿、紫苑《しおん》殿、梨花《りか》殿、芙蓉《ふよう》殿となる。

呂貴妃が住む芍薬殿は、東六殿の中でも特に格の高い殿のひとつである。

翠珠の担当は紫霞にならって西六殿なので、よほどのことがないかぎり東区には顔を出さない。本来であれば紫霞もそうなのだが、彼女は特別に呂貴妃の担当をしているのでちょいちょいと足を運んでいる。

そんな事情で、翠珠はまあまあ久しぶりに芍薬殿の門をくぐった。灰白色の化粧石を敷き詰めた院子《にわ》を抜けて前庁（ホール）に入ると、奥から呂貴妃付きの女官・蘇鈴娘《そりんじょう》が出てきた。青灰色の襖《おう》（上着）に深緑色の裙《くん》は、高等女官のお仕着せである。

「李少士、やっときたわね。ちょっとあんまり無沙汰《ぶさた》が過ぎるんじゃない」

相変わらずのこちらの都合を考えない発言だが、それでもなぜか憎めない人柄ゆえもはや怒りもわかない。

「いろいろと忙しいんですよ」

「それは晏中士からも聞いているけど、呂貴妃様が寂しがっておいでよ」

「ありがとうございます」

などと話しながら奥の部屋に誘われる。琺瑯《ほうろう》細工の珠《たま》を連ねた簾《すだれ》をかきわけると、窓際で刺繡《ししゅう》針を動かす呂貴妃がいた。刺繡のような細かい作業を首尾よくこなすには、採光は必須《ひっす》条件だ。

足音が聞こえたのか、呂貴妃はすいっと顔をあげた。

濃い化粧が似合う彫の深い面差しは、窓から差し込む光を受けて以前より和らいで見える。翔鳥文《かけどりもん》を表した翡翠色《ひすいいろ》の織金《しょくきん》の華やかな大袖衫《おおそでさん》が、威厳のある美貌《びぼう》を際立たせている。三十八歳の後宮第一位の妃《きさき》にふさわしい風格の持ち主だった。

「おお、李少士か」

「呂貴妃さまにご挨拶《あいさつ》いたします」

膝《ひざ》をついた翠珠に、呂貴妃はすぐに椅子を勧める。女官が翠珠のための丸椅子を運んでくる。呂貴妃は刺繍枠を窓際に置き、奥の長椅子に移動する。

「息災のようだな」

ゆったりと呂貴妃は言った。医者がかけられる言葉としては変な気もするが、翠珠はおかげさまでと笑顔で返した。

「冬大士と晏中士から聞いておりましたが、呂貴妃様も近頃はお健やかだと――」

「それこそおかげさまでだな。二人の提案を受け入れて、後宮の差配を他の妃にも任せてみたが、それがだいぶん良かったようだ」

呂貴妃は苦笑した。皇后不在の後宮での第一位の妃。しかも唯一の妃の位にある存在として、彼女は後宮の秩序を守るために尽力していた。

そんな重責も一因だったのだろう。今年になって呂貴妃は次から次へと病を併発してしまった。どれも生命にかかわるものではなかったが、だからといって楽なものではなく患者を著しく疲弊させることはまちがいない。

責任感の強い呂貴妃にはなかなか勇気がいる決断だっただろうが、現状の呂貴妃の様子を見るかぎり、彼女のためには正解だったようだ。

「西六殿のほうは、紫苑殿の孫嬪《そんひん》に一任している」

呂貴妃が口にしたその妃嬪は、序列では第三位にあたる。話をしたことはないが、西六殿の方なので顔は知っている。もちろんむこうは翠珠のことなど知らぬだろう。三十代半ばほどだが子には恵まれず、すでに寵愛《ちょうあい》も衰えているので権勢のある妃嬪とは世辞にも言えない。

その彼女に西六殿をまとめる役目を与えたことは、呂貴妃の思いやりだったのかもしれない。それでなくとも西六殿は、寵愛の深かった河嬪《かひん》の出家もあり臨月の栄嬪《えいひん》があいかわらず横暴を働いている。あれでも紫霞に言わせれば、以前よりだいぶましとなったというから驚きだが。

「あの娘《こ》は、私とほぼ同じ時期に入宮した。この年になれば以前のように親しく話すこともなくなったが、変わらず真面目でよい人間だ」

呂貴妃は信頼を置いているようだが、そういう人が栄嬪を抑えることは、並大抵の苦労ではなかろうと、翠珠は孫嬪を気の毒に思った。

こちらの近況も訊かれたので、先日の北村での話をした。枯花教の話題ではなく、痘《とう》苗《びょう》製造のために出向いたという内容だった。

「天花の兆しがあるのか？」

不安げに呂貴妃が訊いた。

「軽い天花ですし、収束しつつありますので、さほど不安になることはありません。それにだいぶ田舎ですから人の往来も少なくて、病が広がる可能性も低いものと存じます。念のために医官局が、症状が治まるまで村民達に村を出ぬよう命令を出してはおります」

翠珠の説明に、呂貴妃は安堵《あんど》した顔をする。

「とはいえ天花はやはり恐ろしい病だ。そなたも気をつけるのだぞ」

「ありがとうございます。けれど私は痘苗を接種しておりますので」

「ならばよかった。実は私の子供達も接種しているぞ。二日後に熱が出て軽い天花を患ったが、後遺症もなく数日で治まった」

「成功したということですね」

などと話しているところに女官がきて、先程話題にしていた孫嬪の訪問を伝えた。話のきりも良かったので翠珠は暇《いとま》を告げた。呂貴妃も別に引き留めず、土産に菓子を持たせたうえで「また、顔を出すがよい」と親し気に言った。

前庁に出ると、孫嬪が待っていた。女官を一人連れている。

ふっくらとした頬に、煉瓦色《れんがいろ》の大袖衫がよく似合う優し気な容貌《ようぼう》の婦人だった。翠珠の挨拶に型通りに返す反応を見ても、認識はされていないようだった。官服で女子医官というのは分かるだろうが。

　芍薬殿の門を抜けて宮道に出る。路面にはどこからか飛んできた枯葉が散っている。景京は北村よりは温暖なので、樹木にはまだ紅葉が残っている。雑役に従事する宮女や宦官《かんがん》が頻繁に掃き清めても、この季節はどうしたって追いつかない。軒端を延ばした屋根付き塀の内側には、落葉の樹木が多数植えられているからやむないことだった。

　てくてくと足を進めていると、少し先に人影を見つける。塀にもたれるようにして一人の少女が立っていた。朱色の襖と桃色の裙というかわいらしい組み合わせは、若い女官のお仕着せである。

　あんなふうに壁に背をつけたら服が汚れるのにと思ったが、翠珠が注意することではない。目礼して通り過ぎるさいに少女の顔をちらりと見る。年の頃は十六、七歳くらいと思われた。あどけなさは残るが人目を惹《ひ》く美しい乙女だった。すねたような表情が頼りなげで、年下らしいこともあってなんとなく気になってしまうが、だからといって通りすがりの相手に声をかけるほど翠珠もお節介ではないから、どこの女官なのかと思いつつ、そのまま無言で通り過ぎた。


　その二日後。杏花舎の診察室を、珍しい患者が訪れた。

九つのその女児の名は陶怜玉《とうれいぎょく》。あの陶警吏の娘だった。

宮廷医局は官吏とその家族の診察も請け負うから、怜玉の診察は管轄外ではない。しかし陶警吏のような中級官吏の家族が、その制度を利用することはあまりない。それは彼らの大半が、宮廷から距離のある場所に住んでいるからだ。官衙《かんが》街となる内城やその近くに邸《やしき》を構えられるのは上級官吏ばかりだった。つまり官吏本人はともかくその家族は、外城にある医療院を使った方が早いのだ。

担当は陳《ちん》中士が請け負った。十歳の男児を筆頭に三人の子の母であるこの医官は、紫霞の親友だ。三十代半ばの色白で優し気な雰囲気の婦人で、子供を担当するには適任だろうと女子医局長が指名したということだった。

その日の翠珠は診察室の当番だったので、陳中士に助手として付くことになった。苧《ちょ》麻《ま》の内暖簾《のれん》をかき分けて待合室をのぞくと、先日北村で見かけた役人が座っていた。

（やっぱり、この人が陶警吏だったんだ）

むこうは翠珠の事を認識していないようで、隣に座る四十歳ぐらいの婦人とともに黙礼しただけだ。彼の妻であろう。彼女の横には桃色の襖裙をつけた小柄で痩《や》せた女児が並んでいる。陶怜玉でまちがいないだろう。

「どうぞ、中にお入りください」

翠珠の呼びかけで、三人が揃って立ち上がる。婦人から背を押されるようにして怜玉は入ってきた。あんのじょう婦人は診察室で、自分は陶警吏の妻で怜玉の母だと挨拶をした。

「ここに座って」

患者用の椅子を示すと、怜玉は素直に座った。痩せているが顔色は悪くない。ただ九つの子供にしては活気がないようにも思う。しかし独身で兄弟もいない翠珠は子供と身近に接したことがないので、彼らの実態がよく分からなかった。単に緊張しているだけかもしれないが、そのあたりの判断は三人の子の母である陳中士は得意であろう。

陳中士は彼女らしいおっとりとした語り口調で、怜玉に問診を行う。傍《はた》から見れば母が娘に接するような態度の裏で、熟練なこの女医は、患者のあらゆる面に神経を研ぎ澄ませているはずだった。

単純な見た目や、何気ない所作を観察する望診《ぼうしん》。声や話し方、呼吸音、口臭や体臭のにおいを聞く聞診《ぶんしん》。脈を診るなど、実際に患者の身体に触れて行う切診《せっしん》。この三つに問診を加えた四診は、治療の指標となる証《しょう》（東洋医学における身体状況の評価）をたてるための必須《ひっす》事項である。

その陳中士の問いに、怜玉と母親がかわるがわるに答えている。父親である陶警吏は険しい表情でその様子を見守っていた。

診察を終えた陳中士は、両親のどちらに対してともなく語った。

「現状では心配なさっていたようなことはないかと思います。けれどちょっと痩せ気味ではありますね。娘さんは食が細いのですか？」

「いいえ、きちんと食べています。大人顔負けとまでは言いませんが、同じ年頃の親戚《しんせき》の子供と比べても多いほうかと思います。ですから――」

「それは体質もありますから、一概に異常とは言えません」

夫人の訴えを途中でさえぎり、陳中士は陶警吏に目配せをする。陶警吏は察したようにうなずき、妻と娘に待合室に行くように言った。

母親として追い出されることに不満を述べるかと思いきや、夫人はあっさりと夫の命に従った。夫唱婦随の考えであればそれが正しいが、世の女性は妻としては従順でも母としては我を通す者がわりと多いので珍しい。加えて外で働く父親は、母親ほど子供のことをわかっていない場合が多いので、多少横暴な夫でも子供にかんしては妻に従う者が大半だった。そんなちょっとした違和感を覚えて、翠珠は内暖簾をくぐる母娘《おやこ》の背中を目で追っていた。

「懸念なされていた毒物の類《たぐい》は、現状ではないと言ってよいでしょう」

陳中士の口から出た物騒な単語に、翠珠はぎょっとして視線を戻す。

陶警吏は険しかった表情を少し和らげた。なるほど、夫人が素直に怜玉を連れだしたのはそのためか。確かにこれは本人の前では話せない。

「そうですか。ひとまず安心しました」

「ですが痩せていることももちろんですが、九つの子供さんにしては、ちょっと活気がないことが気になりますね。以前からあのように静かなお嬢さんだったのですか？」

「……その」

陳中士の問いに、陶警吏は返答に窮する。

世の父親に珍しくない話である。子を育てるのは女の仕事とされている世ではしかたがないし、警吏のような激務ではなかなか家庭を顧みる余裕もないだろう。

気まずさの中にもちょっと不貞腐《ふてくさ》れたような色を見せる陶警吏に、陳中士の目が一瞬だけ冷ややかになった。彼女の夫は開業医である。夫婦ともに仕事をしているので、日中の子供の世話は乳母に任せているそうだ。ちなみに同じく開業医である翠珠の母もそんな感じだった。父も地方官吏として忙しく働いていた。

けれど二人とも乳母の、そして翠珠自身の訴えにはこまめに耳を傾けていたので、娘のことを知らぬというときはなかった。陳中士も同じ状況だろう。

仕事で子供との時間を取れないことはしかたがない。しかしそれを理由に知らぬことを開き直る態度には賛同できない。陳中士は、さきほどの不貞腐れた顔に陶警吏の本心を見たのだろう。

「とはいえ状況が状況ですから、不安はお察しいたします。私も先程言ったような理由で気にはなりますから、経過観察で様子を診ることにしましょう。娘さんを外に出すことも心配でしょうから、こちらから定期的に様子を診に行かせましょう。ああ、もちろん女子を派遣しますのでご心配なく」

陳中士の提案に翠珠は驚いた。高官ならともかく、中級官吏のしかも本人ではなく娘にその対応は破格すぎないか。そのうえ毒やら状況やら不安やら、はては外出が心配だなどといったい怜玉の身になにがあったのだろう。

「かたじけない」

陶警吏は頭を下げた。

「一刻も早く、枯花教の尻尾《しっぽ》を摑《つか》んでみせます。それまで、どうぞ娘をよろしくお願いします」

ここにきていきなり出てきた、宗教組織もどきの名に翠珠は目を見張る。意気込む陶警吏に、陳中士は困惑の色を交えつつも穏やかな口調で言う。

「娘さんになにかあれば、すぐに知らせてください。私がいないときでも他の者が対応できるように、記録は残しておきますので」

「かたじけない」

もう一度同じ言葉を繰り返して、陶警吏は部屋を出ていった。内暖簾のむこうに彼の姿が消えるなり、翠珠は身を乗り出す。

「どういうことですか？」

「両親が、娘に毒が盛られているのではと危惧《きぐ》しているのよ」

陳中士は答えた。それっぽいことは、先程のやりとりから察していた。しかし高官や後宮の妃嬪《ひひん》でもないのに、そんな不安がつきまとうとはどういう環境だ。

そもそも妃嬪達だって、実際には彼女達が心配している程に危険はない。妃嬪達が住む殿には、それぞれ独立した調理場がある。彼女達が口にするものに毒を仕込もうとするなら、相手の厨房《ちゅうぼう》の者を抱え込まなくてはならない。主人に毒が盛られたのなら自分達が真っ先に疑われる立場にある厨房の者達が、そんなことにおいそれと手をかすわけがない。家族に金銭や身分を残すために自分の生命を引き換えにというのも、物語の中ならあるかもしれないが、実際には発覚したらその家族も連座で罰せられるかもしれないのだから、ちょっと冷静になればまずやらない。

もちろん『安南の獄』の件を考えれば、妃嬪達が毒を盛られることに神経質になる心境は分からぬでもない。

二十年程前に起きたこの事件は、皇太子である第一皇子の母、賢妃《けんひ》を毒物混入にかかわる冤罪《えんざい》で自害にと追いやった。顚末《てんまつ》としては、陰謀を企《たくら》んだ当時の貴妃《きひ》、徳妃《とくひ》、淑妃《しゅくひ》は廃妃とされたうえで処刑。彼女達から賄賂《わいろ》を受け取り、賢妃の冤罪をでっちあげた内廷警吏局長は凌遅《りょうち》刑に処せられた。一昔前の後宮には、そのような陰惨な事件がしばしば起きていたらしい。

しかし一般の家庭において、毒を盛られる話は滅多に聞かない。翠珠は一年以上、市井の医療院に勤めていたが、服毒で運び込まれた患者は、殺虫剤や鼠殺しを誤飲した年寄りと子供ぐらいである。

「なぜ、そんな心配を？」

「枯花教よ」

陳中士は言った。確か夕宵は、陶警吏がその組織を追っているように言っていた。ただ単独行動だとか、いまひとつ歯切れの悪い物言いではっきりとは説明してくれなかった。

「陶警吏が、枯花教に狙われているのですか？」

「知っているの？」

陳中士が驚いた顔をしたので、翠珠は北村で見た捕り物の話をした。

「かなり厳しく取り締まっていたので、もしかしたら逆恨みを買っているとか」

「そのように陶警吏は疑っているようね。実際に脅迫状めいたものは何度か受け取って

いるようよ」

「それで、娘さんに危害を加えると？」

「だったら問答無用で捕縛できるでしょうけど、そうではなく、これ以上自分達を迫害

すると天罰が下るとかの言い回しらしいので、そこまではできないらしいのよ」

確かに微妙な言葉である。陶警吏の話ではなく一般論として横暴な役人への腹いせに

民がその言葉を放っただけだとしたら、叱責《しっせき》はされても逮捕まではできない気もする。

そもそも、なぜ毒を疑うのか？　枯花教の連中が陶警吏の家族に危害を加えるつもり

だったとして、街中での暴行や誘拐のほうが現実的な気がする。他人の家庭の食事に毒

を仕込むなど、むしろ後宮よりやりにくいのではないか。

そのあたりの疑問を口にしようとしたとき、医官用の裏口から紫霞が入ってきた。翠

珠が戻ってくるのが遅いので様子を見にきたのだという。

「師姐《シージェ》に、なにか迷惑をかけているのではないかと心配になって」

「大丈夫よ。あなたが指導しているだけあって、機転が利くわ」

朗らかに陳中士は応《こた》えたが、迷惑をかけていると疑われた翠珠としては心外である。

近づいてきた紫霞は、机上の診療録に視線を走らせる。

「陶怜玉がきたの？」

紫霞の問いに、陳中士は首肯した。彼女の診察は、外来ではない紫霞の耳にまで入っていたようだ。つまり、それだけ訳ありということか？

「ちょうどよかった。あなたにもお願いがあるのよ」

陳中士は紫霞に言ったが、にもという部分が気になった。

「どうぞ。師姐の頼みなら、たいていのことはきくわ」

さらりと熱い友情を吐露する紫霞に、陳中士は穏やかな笑みを浮かべ、翠珠にと視線を動かした。

「陶怜玉の様子を診に行ってくれない？　三日に一回ぐらいかな。なにか気がかりな所見があったらすぐに報《しら》せて欲しいの」

さきほど陶警吏とそんな約束をしていた。別に横暴ではない。宮廷医局の女子医官で若輩の翠珠が、宮外への往診（？）のような面倒事を任されるのはとうぜんだった。指導医である紫霞に了解を取ったのも、普通の礼儀である。

ただ、なにも分からない状態では困惑する。

「あの、枯花教が陶怜玉に危害を加えているとしたら、医官局ではなく警吏局の仕事だと思うのですが」

「もちろんこの件にかんして警吏局は、真相を明らかにしようと躍起になっているわ。ただ結局は解明に至らぬまま、何年も過ぎているらしいからね。陶警吏はそのときからずっと彼らを追いつづけているというのよ。まあ敵視はされるでしょう」

陳中士の言葉に、紫霞がゆっくりとかぶりを振る。

「憎悪だけでいえば、陶警吏のほうがその何倍も強いはずよ。なにせその間にわが子を三人亡くしているのだから」

翠珠は絶句する。聞き違えたのかと思ったほどだ。わずか数年の間に三人が亡くなったという言葉の衝撃はそれだけ強い。

青ざめる翠珠に、紫霞と陳中士は目を見合わせる。紫霞が小さくうなずき、事の仔細《しさい》を語った。

陶警吏には二十歳になる長男を筆頭に、末の怜玉まで五人の子供がいたのだという。ちなみに全員が妻の産んだ子供ということだ。

長男は健やかに育ち、いまは役人として地方に出向中である。

しかし長女と次男、そして三男が、ここ数年の間にたてつづけに急死してしまったのだという。死亡時の年齢は十から十三歳の間。赤子や幼児のように、些細《ささい》な風邪をこじらせて亡くなる年ではない。なんとなく元気がないぐらいの印象はあったが、普通に話もしているのでさして気にもとめずにいたが、二人はとつぜん意識を失って帰らぬ人に。もう一人は朝起きてこないので様子を見に行ったら、床で亡くなっていたのだという。

長女が亡くなる少し前から、陶警吏は枯花教の捜査を担当することになった。それまでは実害が少ないということで様子見をしていたのだが、その年に麻疹《はしか》が流行したにもかかわらず、例のごとく伝染の危険を煽《あお》る言動を憚《はばか》らなかったからだ。

それを陶警吏は、かなり厳しく取り締まったということだった。厳しくといってももちろん合法的な手段で、理不尽な暴力は働いていない。しかし枯花教の信者から恨みを買ったことは予想できた。

そんな中で長女が亡くなった。もちろん悲嘆にはくれたが、このときは枯花教の関与は疑わなかった。葬式の最中に門前で「天罰が下った」と喚《わめ》いた信者を一発殴ったそうだが、それは信者側にも非有りとして陶警吏への処罰は厳重注意で終わったらしい。

しかしそのあと数年の間に、次男、三男と亡くなればどうしたって不審を抱く。三男のときはついに検死に出したが、外傷も毒物も所見では認められず、上二人と同じ突然死ということで片付けられた。

夫婦は納得せずに、特に陶警吏は枯花教への憎悪を募らせてゆく。枯花教を追捕《ついぶ》するため管轄外の地区まで足を運ぶようになった。それが先日の強硬な取り締まりにもつながるのだが、景京外での捜査はまちがいなく越権行為である。

とはいえ行動自体は警吏局の意向に沿っているし、若干強権的ではあるが暴行を加えるような真似はしていない。なにより動機が動機だけに、上の者もあまり厳しくも言えないのだった。

——おそらく彼の単独行動だ。

先日の夕宵の言葉を思い出す。

なるほど、あの歯切れの悪い言葉にはそういう事情が込められていたのか。統括組織の御史台の官吏として、夕宵は陶警吏の暴走を耳にしているのだろう。

「三人の子供の死に枯花教がかかわっているとしたら、役人の公務に対する妨害……いいえ、そんな可愛い言葉じゃなくて鬼畜の所業と言うべきね。ともかくこれは警吏局だけには任せておけないとして、御史台から陶怜玉の診察依頼がきたのよ」

陳中士は彼女には珍しく、鬼畜などと激しい言葉を口にした。

先日の夕宵の訪問理由はそういうわけだったのか。

「そんなことがあったのですね」

翠珠は声を落とした。三人の子供を失った陶警吏と夫人の気持ちは察してあまりある。

そこに枯花教の関与があるかどうかは、もちろん分からない。検死でなにも出なかったのだから、本当に不幸な偶然という可能性も高いのだ。

だとしても、もしも怜玉になにかあったときの陶夫妻の気持ちは想像するだけで胸が痛む。となれば怜玉に異変があれば直ぐに気づけるよう、自分が細心の注意を払わなければと己に言い聞かせる。

「わかりました。しっかりと陶怜玉を診てまいります」

はっきり言った翠珠に、紫霞と陳中士は頼もし気に目を細めた。


それから三日後の昼下がり。翠珠は陶警吏の家を訪ねた。

中級官吏である彼の家は、外城の目抜き通りからいくらか離れた住宅地にあった。

固く閉ざした門扉にむかって訪問を告げると、少ししてむこうでがちゃがちゃと物音がした。閂《かんぬき》を外しているようだ。昼の日中にもきっちりとかけているのだとしたら、ずいぶんと用心深いことである。陶夫妻が子供達の死因に、枯花教の関与を疑っているのならしかたないが——。

扉を開けたのは、地味な襖裙《おうくん》をつけた中年女だった。この家の仕女だろう。彼女は上目遣いで翠珠を見ると、驚きと警戒をまじえた顔で中に招き入れた。

「お若いんですね」

「二年目なんですよ」

「……女の方だとは思いませんでした」

そういうことかと、警戒と驚きの方向に二重で合点がいった。

若い医者などそれだけで警戒される。そこに女という要素が加わったら、なおさらである。家に尽くすべきという婦人の教えに真っ向から逆らっている女医は、なにかと世間から非難の目をむけられる存在だった。もはや慣れているし、腹も立たない。怜玉の診察は女児という事情もあり陶夫妻が女医の診察を望んだのだが、そんなことを説明する必要もあるまい。

そのまま奥の正房に案内された。陶家は周囲を土塀で囲った三合院の家で、東西の廂《しょう》房《ぼう》と奥の正房が院子《にわ》を囲むようにして建っている。

小さな前庁から隣の部屋に入ると、そこでは陶夫人と怜玉が待っていた。窓際の長椅子に腰を下ろし、卓上には焼き菓子が置いてある。

「すみません。空腹だというので、おやつを食べさせるところでした」

夫人が申し訳なさそうに言う。茶杯には色の濃い茶が半分ほど残っている。たっぷり餡《あん》の入った甘い月餅《げっぺい》はまだ手付かずだったが、茶は飲んでいたのだろう。

「食欲はあるのですね」

「はい。痩《や》せの大食らいで」

「肥満でないのだから、食べすぎということではないのでしょう」

そう答えたあと、先程の仕女が翠珠のために新しい茶を持って入ってきた。茶を卓上に置いてから椅子を持ってきたので、翠珠はそこに腰を下ろす。そのあとは仕女は母親に言われて退出していった。いくら使用人でも、娘の診察現場など見せたくはないだろう。

「怜玉さん、こんにちは」

あらためて翠珠が挨拶《あいさつ》をすると、怜玉は「こんにちは」と返した。診療室で会ったときよりは活気がある。やはりあそこでは緊張していたのかと思い、できるだけ親し気に話しかける。

「ごめんね。せっかくのお菓子だけど、診察の間だけ我慢していてね」

「はい」

少しはにかんだように怜玉は答えた。母親から大食らいと言われて、恥ずかしがっているのかもしれない。九つとはそういうことを気にしはじめる年頃か？　このあたりも自分の当時はよく思いだせない。

のちほど舌を診るため先に怜玉に口をゆすがせた。濃い色の茶を飲んでいたので念のためだ。舌の色味も診断には重要な要素なのだ。

脈診のために手首を握る。普段が大人相手なので、子供の骨の細さにちょっと驚く。

（力がある。それに少し滑脈気味？）

表情には出さぬようにして、翠珠は自身に問いかける。医師は患者の前で不安な顔を見せてはならない。基本中の基本である。ちなみに脈にかんしては、強弱や数遅（この場合の数は脈が速いことを示す）のどちらがよいのではなく、理想はあくまでも中間でそこからどれだけ外れているかを診断する。ゆえに異常か否かの判断は、経験に基づくところが大きくなってくる。それでなくとも子供は数脈《さくみゃく》だし、年を取れば健康でも遅脈となってくる。

脈診も舌診もそうだが、正常な範囲と病的状態の区別が、はっきりと数値化されていないので微妙な状態の場合の診断が難しい。そもそも研修医の立場の翠珠がその診断をつけることはできない。些細《ささい》な異変でも気づいたことはきっちりと記し、上の医官達に報告することが自分の役割である。

「ありがとう、脈はもういいわ」

怜玉の手首から指を離し、脈診の結果を記す。次は舌診である。書付から顔を上げた翠珠の前で、怜玉が茶杯を傾けていた。しかし杯を満たすものは口をゆすぐための水のはずだ。

「喉《のど》が渇いちゃって。水ならいいかなって……」

気まずげに答えた怜玉に、母親が「緊張しているみたいです」と言った。気持ちは分かるが、身体によろしくないのではと懸念する。

「生水はおなかを壊すかもしれませんよ」

「湯冷ましですから」

母親は答えた。まあ、言われてみればとうぜんだ。この国の喫茶の習慣は、痢疾《りしつ》（主に下痢性の疾患）の発症率を劇的に下げたと言われている。茶を淹《い》れるには煮沸した水を使うからだ。最初は茶の薬効と唱えられていたらしいが、煮沸に毒消しの効果があると分かるまで時間はかからなかった。

「それなら大丈夫ですね」

舌診を済ませ、症状を書き付ける。こちらも舌苔《ぜったい》の存在が気にはなったが、分量的にはさほどでもない。あきらかに病的な場合、舌の状態が見えないほど苔が肥厚している。その点も記録して、あとは陳中士の判断に委《ゆだ》ねる。

筆を置いてから翠珠は顔を上げた。

「お疲れさま、今日はもう──」

言い終わらないうちに、ぎょっとする。それまで翠珠にむけられていた怜玉の視線がふわりと動き、そのまま彼女は机に突っ伏した。

母親が小さな悲鳴を上げて、娘の身体を揺らそうとする。あわててそれを制し、顔が見えるように横を向かせてから脈を診る。先程よりもずっと速くなっている。子供だと考えても明らかに異常な数脈である。翠珠はもう一度、怜玉の状態を観察した。こめかみや頸筋《くびすじ》のあたりに生汗が浮かんでいる。

──これって？

芙蓉殿の栄嬪が倒れたときに似ている。彼女は妊娠をきっかけに水滞の状態となり、そこから血水の調節障害による脳虚血発作を起こして一時的に意識を失った。不足した血液を脳に送りこむため脈が速くなるのは、とうぜんの生体反応だった。

であれば寝かせたほうがよいのだが──翠珠は用心深くようすを見守る。やがて怜玉がゆっくりと目を開いた。

「怜玉」

胸を撫《な》でおろす母親にむかって、ぽつりと娘は言った。

「おなかすいた」

翠珠も母親もぽかんとなる。怜玉は視界の端に月餅を見つけると、ぐいっと手を伸ばす。しかしまだふらついているのか、さっとつかめない。母親が代わりに手に取って二つに割り、さらにそれを二つに割ったものを与える。

怜玉はそれを咀嚼《そしやく》し「もっと」と言った。母親が四分の一にした菓子を与える。それもぺろりとたいらげる。そこで母親がお茶を飲ませた。そのときには普通に身体を起こしていた。脈も戻り、生汗も引いている。

――これって？

こういう症状を診たわけではないが、文献で読んだ気がする。しかもわりと頻繁に。それなのに思いだせない。なんだったろうかと懸命に記憶を遡《さかのぼ》る。

「こういうことは、よくあるの？」

翠珠の問いに、怜玉は「ふわっとすることはたまにあります」と言った。それは杏花舎での診察時も言っていた。陳中士は子供に多い自家中毒を疑っていたのだが、確定診断はつけられなかった。となれば二年目の翠珠にできるはずがない。いまの症状も忘れないうちにしっかりと書き留める。

少し間をおいて、怜玉は遠慮がちに訴えた。

「でも、今日が一番強かった気がします」

翠珠はあらためて怜玉を見た。大人しいがきちんと受け答えができる、しっかりした子供だった。にもかかわらず生気に乏しく映るのは、見る側が三人の兄姉の不審死を知っているから、なにかしらの先入観があるのだろうか。

陳中士から聞いた話だが、怜玉自身は兄姉の死を自身に重ねて気に病むという気配はなさそうということだった。というのも上二人の死は物心がつかぬ頃のことで、怜玉が覚えているのはいちばん歳の近い三兄だけだったからだ。それも数年前のことで怜玉はたいそう幼かったので、あまり深刻に受け止められなかったというのが実態らしい。

むしろそれを気にしているのは、地方に出向しているという二十歳の長男のほうではあるまいかと陳中士は言っていた。指摘されてみれば、確かにそうかもしれない。彼の年であれば弟妹の死ははっきりと記憶している。ならば現状はなにもない自身の健康に、彼がなんらかの疑念や不安を抱いても不思議ではない。十九歳の自分とも歳が近いだけに、長兄の気持ちのほうが翠珠には想像しやすい。

逆に言えば九つの怜玉が、その幼さゆえに得体の知れない不安に苛《さいな》まれていないことは幸いだった。

「分かったわ。このことは担当医に報告しておきます。また同じようなことがあれば、次に来た時に教えてちょうだいね」

そう翠珠が言うと、怜玉は素直にうなずいた。

帰り道は、選んで目抜き通りを歩いた。そのほうが色々な店を見ることができて楽しかったからだ。

景京は碁盤状の街なので、方角さえ間違えなければどの道を選んでも問題ない。

南北東西に走る通りは、大小併せると無数にある。中心に近い通りは数多くの店舗が建ち並び、似たような店が集まりそれぞれの通りの特色を見せている。この通りが古着屋や小間物屋などの婦人むけの店が多く軒をつらねているのは、二つ西の小路が妓楼《ぎろう》街だからだろう。女の翠珠には縁がない場所なので行ったことはないが、そこで働く女達が医療院に来ていたから話は聞いたことがある。

玄人向けの派手な製品ばかりではなく一般向けの店も多いので、色々な立場の婦人でごったがえしている。甘味屋や茶店、軽食の露店が多いのもそのためである。

てくてくと歩きながら、翠珠はほっと息をつく。冬だというのに人いきれで暑くなってきた。だからといって外套《がいとう》を脱げば寒いし荷物になる。いま着ている外套は、女子太医学校に入学した年の冬に誂《あつら》えたものだった。生まれ育った南州は温暖で、厚手の外套が必要なほどの寒さにはならなかった。

六年目になる外套はそこそこ古びていたが十分に着用はできるし、新しいものを作るにしても研修医の禄《ろく》ではためらう。夏に呂貴妃から下賜された毛織物は外套にむいた生地だったが、あまりにも上等すぎて仕立てたとしても着ることをためらってしまいそうで、せめて研修医の期間が終わってからにしようと決めている。一緒にもらった黒の毛皮は早くに襟巻に仕立てていたので、もう少し寒くなったら使おうと考えている。

二階建ての清潔そうな茶店の前に、小さな露店がいくつか並んでいる。ここで菓子を買って中で食べることができるようになっているのだ。もちろん立ち食いもできるので、露店の周りでは借屋の主婦や、仕女等のあまり裕福ではない女達が菓子を食べながら立ち話をしている。

辻《つじ》の付近まで来たとき、露店の蒸籠《せいろ》から立ち上がる湯気のむこうに見覚えのある顔を見つけて翠珠は目を凝らす。

陶家で見た、あの仕女だった。買い物かごをぶらさげて、あまり身なりのよくない女達と話をしている。

「ほんとう、嫌になっちゃうよ。あの娘、大食らいのうえに酒みたいな勢いで茶も飲むんだから、井戸汲《く》みする身にもなって欲しいよ」

聞かないふりをしたほうが良いかと思ったが、なんとなく胸騒ぎがした。外套を着ているので官服が目に付く心配はないが、念のために頭巾《ずきん》を目深にかぶったうえで露店の陰で聞き耳をたてる。

「しかも子供には茶はあまり過ぎるとよくないからって、奥様が湯冷ましを用意するように言うのよね。ほんとう面倒くさいったらありゃしない」

うんざりしたように仕女は言う。沸かした湯をいちいち冷ますのだから、茶を淹れるより手間がかかるかもしれない。だからと言って主家に対して無礼千万な発言にはちがいないが。

「最近じゃ手がまわらなくて、ときどき生水をだしているよ」

とんでもない発言に翠珠は目を見開く。

「え、大丈夫？　腹を下したりしていないかい？」

「年中じゃないし、いまのところ大丈夫だけどね。まあ、だとしても有名な『子供が死ぬ家』だからね、私がなにかしなくてもきっと――」

この実態を陶家に告げるべきか否か迷う翠珠の肩に、何者かが手をおく。振り返るとそこに夕宵が立っていた。女が多いこの通りであきらかに浮きまくっている。ここは辻なので、西側の妓楼街からやってきた者など少しは男性も通りかかるのだが、いかんせん美形が過ぎる。そのうえ昼間から妓楼に出入りする好き者にしては清潔感まである。

「鄭御史、どうしたんですか？　こんなところで」

「しっ」

夕宵は人差し指をたてて、黙れという仕草をする。捜査なのか、あるいは妓楼街から来たのか気になったが、さすがにそんなことは訊《き》けない。

「子供が死ぬ家とは、陶家のことだな」

「そんな噂は知りませんが、あの人は陶家の仕女です」

翠珠の証言に夕宵は眉《まゆ》をよせる。銀灰色の毛皮の襟巻と深い青灰色の外套で官服は隠れているが、この容姿ではどうしたって人目を惹《ひ》く。こうしている間も通りすがりの婦人達がちらちらと目をむけてゆく。

「陶家の子供達が亡くなったのは、あの仕女が原因か？」

「……まさか」

一瞬の間のあと、翠珠は答えた。

「乳幼児なら、生水が原因でおなかをこわして亡くなることもあります。ですが陶家の子供達の死亡年齢は十～十三歳ということですから」

そこでふたたび間を置いた翠珠に、夕宵は探るような眼差《まなざ》しをむける。しかし翠珠は気づかぬまま考えを巡らせる。報告はきちんとする。確定診断は経験を持つ医師に委《ゆだ》ねる。だからといって自分がなにも考えずにいてよいはずがない。

大食、がぶ飲み、けれど痩身《そうしん》である。

脈診や舌診を加えたこれらの所見から証を導き、治法を立てて処方を考える。最終的に決めるのは主治医の陳中士だが、そこに自分なりの考えを持っておきたい。しかしどうしても引っかかる点がある。

この怜玉の症状は、三人の兄姉の怪死とは無関係なのか。

医師としては患者だけに視点を定めておけばよいとは思うが、三人もの子供が亡くなったという事態が大きすぎて無視はできない。

けれどこの物思いは、とつぜん聞こえてきた罵声《ばせい》と悲鳴に断ち切られた。

「危ないね!」

「なにすんだいっ!」

「気をつけろ、馬鹿野郎」

婦人達の悲鳴の中、たまに男の怒鳴り声も聞こえる。その理由は、次第に近づいてくる蹄《ひづめ》の音ですぐに明らかになった。東側の通りを騎馬でかけてきたのは陶警吏だった。こんな人通りの中で馬を走らせてくるなど、常軌を逸している。咎《とが》める立場の夕宵も、あまりのことにあ然としてしまっている。

 辻に入り込んだ陶警吏は、あたりをぐるっと見回した。そして自分の家の仕女を見つけると、乗り捨てるように馬を降りてかけよった。

「だ、旦那《だんな》様っ！」

 仕女は悲鳴を上げるが、陶警吏は声ひとつあげない。ただ鬼の形相で、仕女の胸倉をつかむ。周りにいた女達が次々に悲鳴をあげる。さすがに見ていられないと夕宵が前に出かけたときだ。

「きさま、枯花教の回し者だったのか」

 陶警吏の口から出た言葉に、思わず夕宵は動きを止める。見ると陶警吏の手には、黄色の紙が握られていた。北村で見た、あの札と同じ色だ。

「これが、きさまの部屋にあったぞ」

「ち、ちがいます」

仕女は声を震わせた。

「街頭でもらっただけです。包子《パオズ》を配っていたから――」

それでも札を捨てずに持っていたのだから、教義に多少なりとも共感するところはあったのだろう。ならば門前で医師だと名乗ったときの反応が微妙だったのは、翠珠の年齢と性別だけでなく、枯花教の教えの影響もあったのかとふと思った。

「お前が私の子供達を殺したのか⁉」

物騒な問いに、仕女はぶんぶんとかぶりをふる。

「そ、そんな罰当たりな真似はしません。だいたいあたしが御宅にあがったときは、上二人のお子さんはとうに亡くなって――」

「そうだ、そうだ」

どこからか聞こえてきた声に、翠珠と夕宵はあたりを見回す。

茶屋の二階から、複数人の客が顔を出していた。夫婦なのか逢引《あいび》きなのか、男女の組み合わせもいる。

「だったら趙《ちょう》さんは関係ないだろ」

「その手を離せ！」

趙さんとは、この仕女の姓らしい。上からの声援を受けて、遠巻きに眺めていた婦人達がいっせいに声をあげる。

「役人の横暴は許さないよ！」

「女に手をあげるなんて、本当に屑《くず》だねっ。役人っていうのは、いつもこうだ。弱い者には強く出るんだよ」

乱暴な扱いはしているが、手は上げていないだろうと翠珠は思った。

本当に横暴で悪徳な役人は、婦人どころか子供だって平気で殴る。わが子の件で逆上しながら暴行だけは働かないのだから、日ごろから陶警吏がそのように仕事をしているということだ。北村での捕縛も乱暴ではあったが、村民や扇動者を殴りつけるような真似はしていなかった。

しかし興奮した女達に、そんな理性は働かない。日頃の鬱憤《うっぷん》を晴らすかのように、陶警吏を口汚く罵《ののし》る。しかし陶警吏のほうも怜玉の件で必死なうえに、もともと百戦錬磨の警吏官だ。野次馬の罵倒《ばとう》になどひるみもしない。

「関係のない者はこの場から去れ。これ以上騒ぎ立てるのなら、公務妨害で捕縛する」

無情な声に、勢いづいていた女達はひるみあがる。ぼそぼそと話し合いながら、一歩後退する者達もいる。襟元をつかまれた仕女が泣きそうな顔で彼女達を見る。このまま陶警吏に任せるのも、彼の逆上ぶりを考えれば不安は残る。

「そんな真似をするから、天罰で子供が死んだんだろ！」

とつぜん、上から降るように聞こえた声に空気がぴりっとなる。翠珠は素早く声がした方向を見上げる。茶屋の窓枠から去ってゆく何者かの後ろ姿が見えた。男か女かさえも分からなかった。

陶警吏の顔に怒りの朱が浮かんだ。ただ彼自身は声がどこからしたのかは分からなかったとみえて、すさまじい形相で周りの者達を睨《にら》みつける。

「誰だ、いま——」

「やめろ」

叫びながら近づいた夕宵が、陶警吏の腕をつかんだ。想像もしない相手の登場だったとみえて、さすがの陶警吏も驚いている。

「鄭御史⁉」

「上から捕縛の許可は取っていないでしょう。いくら自分の家の使用人だからといって公衆の面前でのこんな乱暴な真似は、警吏局の評判を下げるだけです」

止めたときこそ命令口調だったが、さすがに父親程の年齢の部下には丁寧な物言いをしている。このあたりもいわゆる育ちの良さだろう。中途半端な育ちの者のほうが、立場や家柄を振りかざす。どうやら陶警吏の行動は、仕事ではなく単独のものらしい。

騒ぎを聞きつけたのか、あるいは誰かが報告をしたのか、街の警備官達がぞろぞろと集まってきた。属官の彼らでは夕宵のような高官は知らぬだろうが、陶警吏の顔であれば見知っているはずだ。あんのじょう全員がぎょっとした顔をしている。狼藉《ろうぜき》者の報告を受けてきてみれば、自分達の上官だったのだから驚くだろう。

いくらか冷静さを取り戻したとみえ、陶警吏は仕女から手を離した。夕宵は安堵《あんど》した表情で、しかしできるだけ感情をこめずに告げた。

「この女は、私が警吏局に連れて行きます。そこで別の者に事情を聞かせましょう。あなたは家に戻って、しばらく時間を置くべきでしょう」

陶警吏は唇を噛《か》んだが、立場や自分の失態を考えれば逆らえるはずもない。年上の自分に夕宵が気を遣ってくれていることが分からぬほど、頭に血はのぼっていない。彼は無言のままうなずくと、踵《きびす》を返した。そしてつないでもいないのに律儀にその場で待っていた馬を、今度は引きながら去っていった。


杏花舎に戻った翠珠を真っ先に出迎えたのは、紫霞だった。出迎えといっても詰所に入ったら、紫霞が診療録を眺めていただけの話だが。

外套《がいとう》も脱がずに入ってきた翠珠に、紫霞は怪訝《けげん》な顔をする。

「どうしたの？　直帰していいって言ったのに」

女子医官の官舎は内城にあるから、皇城の杏花舎に戻るとなると回り道をすることになる。勤務時間との兼ね合いもあって、特に何もなければそのまま帰ってよいと言われていたのだ。

「気になることがあって……陳中士はどこに？」

「師姐《シージェ》なら後宮のほうに行っているわ。少し前に出たばかりだから、半刻《こく》は戻ってこないと思うわ」

「そうですか」

一瞬は消沈した素振りを見せはしたものの、こうなれば指導医の紫霞に相談するしかないことは分かっている。

「陶怜玉のことなのですが――」

翠珠は今日診てきたこと、そして見たこともすべて話した。

話を聞き終えた紫霞は信じがたいという顔をした。

「え、それって……」

翠珠は大きく首肯する。

「おかしいですよね。だって九つの女児ですよ。陳中士が診察したときは、こういう所見はあまり顕著ではありませんでした」

「それは私も診療録を見たから覚えているわ。ちょっとその傾向はあったけど、正常範囲だと思って気にしていなかった」

とはいえ陳中士も引っかかるところがあったから、翠珠に往診に行かせたのだろう。病状が浅いうちは、その日によってムラもあるので診断はつけにくい。今日は特にその症候が顕著に出ていたのかもしれない。

だからといって九つの女児にこの証は考えにくい。それゆえ自分の未熟さからくる誤診ではないかと翠珠は疑ったのだ。

「それに陶怜玉にかんしては、師姐も服毒の有無を中心に診察をしていたから――」

紫霞の口から出た服毒という物騒な単語に、翠珠は思いきって尋ねる。

「この所見が毒の影響ということは考えられませんか？」

「そうなると毒は、そのあたりの露店や酒家（飲食店）で毎日のように提供されていることになるわ」

皮肉っぽく紫霞は言ったが、その通りだと翠珠も思った。それなら仕女が提供していた生水のほうがよほど怪しい。しかしそれが怜玉の現状に影響しているとは思えない。そもそも彼女が陶家に入った時期と、上の二人の子供達の死亡時期が一致しない。

「陶怜玉の現状と、兄姉の死はなにか関係があるのでしょうか？」

「気になるのは分かるけど、それは危険よ。いまは患者だけに注意──」

たしなめるように語っていた紫霞が、急に口をつぐむ。彼女はなにかを思いだそうとするようにしばし思案していたが、やにわに立ち上がると外に飛び出した。翠珠は急いで後を追いかける。紫霞が飛び込んだ先は書庫である。比較的新しい冊子型の書籍、加えてこれまでの症例をまとめたものが棚に整理されている。貴重な古典は、研究施設も兼ねる太医学校で保管されている。

そのうちの一冊を引き抜くと、紫霞はぱらぱらと頁をめくりはじめた。目を皿のようにして紙面を眺め、ようやく彼女の手が止まった。

「あった」

紫霞の口から漏れた言葉に、翠珠は素早く彼女の傍に回りこむ。そして「これよ」と言って紫霞が指さした先を熟読した。


その日から翠珠はさまざまな文献や書物を読み漁《あさ》った。

紫霞はもちろん、陳中士とも意見をすり合わせて次の陶家の訪問のために備えた。

そうして迎えた当日、翠珠はふたたび陶家に足を運んだ。大通りをしばらく南下してから左折すると、やがて閑静な小路に入る。そこをしばらく歩いていると、小さな辻《つじ》のところで夕宵と鉢合わせた。

予期せぬ再会に二人は驚きあう。

「陶警吏の家ですか？」

「陶警吏の家か？」

方向からして目的はそこしかないので、問いが重なったことには驚かない。二人はうなずきあって、それからは並んで歩いた。

あの騒動ののちのことを訊《き》くと、陶警吏は謹慎になったということだった。前々から問題視されていた枯花教捜査の単独行動に、今回の騒動が決定打となった。

「だいぶ焦っているから、放っておいたらなにか大きな問題を起こしかねない」

「焦ってとうぜんでしょう。すでにわが子が三人も亡くなっているのですから」

「そうだな」

夕宵は同意した。二人とも親の立場ではないが、普通に人の心を持っていればそれぐらいの想像はつく。だからこそ陶警吏の暴走を恐れて、彼を謹慎処分にした警吏局の判断は正しいと思う。

「鄭御史は、警吏を見舞いに行くのですか？」

官吏の監察と弾劾という御史台の役割を考えると、夕宵が不始末を起こした陶警吏を訪ねる理由は大体想像ができるが、見舞いという柔らかい言葉で翠珠は尋ねた。

「ああ、ちょっとな」

夕宵は言葉を濁したので、翠珠はそれ以上追及しなかった。予想通りだったらはっきりとは言いにくいだろうし、そうでなかったとしても御史台官という職種上、他言できないこともあるだろう。

「李少士は、陶怜玉の診察か？」

「はい。今日は陶警吏も在宅なのですね。ちょっと緊張します」

「そういえば、あの仕女はくびになったらしい」

思いだしたように夕宵は言った。札のことはおいておいても、生水の件を考えればとうぜんだろう。

「あ、教えたんですか？　生水のこと」

「どのみち陶家には、もう居づらくなるだろうしな」

夕宵ははっきりとは答えなかったが、苦笑いが答えのようなものだった。

そろそろ陶家の門が見えてくるというところで、夕宵が独りごちるようにつぶやいた。

「結局、三人の子供の死は偶然だったのだろうか」

その言葉に翠珠は応じなかった。

まだ分からない。今日の様子を診て、可能性があればすぐに宮廷医局に連れてくるように陳中士にも紫霞にも言われている。ただ色々と家の名誉の問題もあるので、可能性の段階では迂闊《うかつ》に口には出せない。

それにたとえ確定しても、口外できないときはある。

今年の夏に後宮を去った河嬪の、美しくも哀しいあの眸《ひとみ》。半年近く過ぎた今でも、思いだすたびに胸が引き絞られるような痛みを覚える。そのとき翠珠とともにいた夕宵が、どの程度の痛みを共有したのかは分からない。けれどここで追及しないということは、ある程度は察してくれているのだろうか。

門扉の前で訪問を告げようとしたときだった。奥から女の悲鳴が聞こえてきた。翠珠と夕宵は顔を見合わせ、夕宵が勢いよく門扉を押し開けた。閂《かんぬき》がかかっているものと思っていたが、そういえば今日は陶警吏が在宅だった。まして翠珠の訪問は分かっていたのだから、昼の日中にそこまで用心深くはしていなかったのだろう。

「怜玉、怜玉っ！」

覚えのある夫人の悲鳴が聞こえる。翠珠は口許《くちもと》を押さえた。陶怜玉に異変が起きたことはまちがいない。ちょうどそのとき正房の扉が開いて陶警吏が出てきた。

ひどく青ざめた彼は、翠珠と夕宵の姿に虚をつかれたような顔をする。

「怜玉さんが倒れたのですね」

翠珠は訊いた。

「あ、ああ」

「宮廷医局に連れて行きます。なんでもいいから馬車を用意してください」

そう言って翠珠は呆気《あっけ》に取られる陶警吏と入れ替わるように正房に飛びこんだ。前庁を抜けて居間に入ると、床に倒れた怜玉とその傍らで泣き叫ぶ母親の姿があった。外套《がいとう》の襟紐《えりひも》を解《ほど》きながら、翠珠は怜玉の傍に駆け寄る。

土間に半分伏せた顔は、汗まみれだった。半開きの目は焦点があっていない。うっすらと開いた唇から、はっはっと短く息を吐いている。ほっそりした身体は小刻みに震えていた。

──間違いない。

脈を診る余裕などない。外套を脱ぎ捨て、斜め掛けにした布鞄《ぬのかばん》の中を探る。探りながら母親に指示をする。

「娘さんの頭を、お母様の膝《ひざ》の上にのせてください」

小柄な子供をこの程度動かすぐらいは、婦人一人でも造作無いことだろう。

翠珠は鞄から目的のものを取り出した。このときのために準備していたそれは掌《てのひら》ほどの袋に入れていた。

「娘さんの口を開けてください。できるだけ大きく」

朦朧《もうろう》としていることが怖いが、事は一刻を争う。もたもたしているうちに意識が完全に失われてしまうかもしれない。母親は翠珠の指示に従い、怜玉の小さな顎《あご》を摑《つか》んで、こじあける。なにか問うこともしない。考えることができないのか、若輩とはいえ医師にすがる気持ちなのかは分からない。

翠珠は袋の中のものを、怜玉の口の中に入れた。そのうえで今度は慎重に顎を閉じさせる。

「しっかりして、怜玉さん」

耳元で叫ぶと、怜玉は半ば反射的に頰や顎を動かしはじめた。一度安心したものの、すぐに緊張を持って観察をつづける。

「どうなったんだ」

声に顔をあげると、いつのまに入ってきたのか夕宵と陶警吏が見下ろしていた。

「馬車は荷馬車を準備している。隣家が所有していたし、寝かせたまま連れて行けるからそのほうが良いと思って。風が当たらないものがよければ、いまから手配してくるが」

夕宵が言った。陶警吏は普段の強面《こわもて》が嘘のように、泣きそうな表情で娘を見下ろしている。三人も子供を亡くしていれば、どれほど気丈な親でもそうなるだろう。

「ありがとうございます」

やがて怜玉の身体の震えが止まった。短かった呼吸がゆっくりと穏やかになり、目が焦点を取り戻して、自分の顔をのぞきこむ翠珠と視線をあわせる。

「医師《せんせい》？」

母親と陶警吏が安堵《あんど》の息を漏らす。それで怜玉は、はじめて自分が母親の膝に抱かれていることに気づいたようだった。

「お母さま、お父さま？」

活気のある声に夫妻は歓喜の声を上げ、次いで深々と頭を下げる。

「ありがとうございます、医師」

「李少士。まことにかたじけない」

「いえ、これはあくまでも緊急処置です。話は通してありますから、いまから宮廷医局に連れてゆきますのでよろしいですか？」

「もちろん」

「では暖かくさせて、馬車にのせてください。それからもしものときのために一泊できるぐらいの準備をしておいてください」

てきぱきとした翠珠の指示に夫妻はうなずき、怜玉は陶警吏に横抱きにされていったん奥に下がっていった。あとに残された夕宵は、翠珠が手にしている紙袋を指さした。

「それは、なんだ？」

翠珠は黙って袋を手渡す。夕宵はにおいを嗅《か》ぐように鼻を近づける。そのうえで人差し指を突っ込んで、指先についたかけらを舐《な》める。

「飴《あめ》？」

自問のような夕宵の問いに、翠珠はうなずいた。

「固形の飴を細かく砕いたものです。それでなくても子供は喉《のど》が細いので、大きいままだとつまらせる危険がありますから」

そもそも形体がなんであれ、意識が朦朧としている者に食べさせること自体が危ないのだが、背に腹はかえられなかった。なにも対処しなければ、亡くなっていたかもしれないのだから。

「なぜ飴で、意識が回復したのだ？」

夕宵のその問いに答えることに戸惑いはあった。患者の病名は基本として迂闊に他言してよいものではない。

けれどこの件は、まちがいなく陶家の子供達の死に関係している。であれば御史台官という立場の夕宵には伝えてもよいだろう。なおかつ彼は翠珠が絶対に他言しないようにと誓わせた、河嬪の病の件を未《いま》だに黙している信頼できる人間だった。

翠珠は息を吐き、呼吸を整えた。

「陶怜玉は、消渇《しょうかち》（糖尿病）を患っています」

「消渇って、太った美食家が罹《かか》る贅沢《ぜいたく》病ではないのですか？」

「それもだいたい中年の、そうだ、私くらいの年頃の男が罹る病だと」

宮廷医局で陳中士から娘の病名を告げられた陶夫妻は、軽く混乱していた。さもありなん、消渇の患者に対する世間一般の印象は、彼らが訴える通りである。九つの、しかも人よりも痩《や》せたわが娘が患者だと言われても納得できまい。

翠珠は助手として席に着き、診療録を記していた。

「確かにそういった特徴を持つ患者が多いのは事実です。けれど質素で無欲な生活をしているにもかかわらず、過剰な仕事量などの精神的負担や元々の体質により消渇を発症する患者もいますので、全員が全員贅沢病というわけではありません」

翠珠はその手の消渇の患者を診たことはないが、文献で読んだことはある。公務が忙しくなった役人が、やたらと水が飲みたくなったことを不審に思って医者の診察を受けたところ、消渇の診断がついたという内容だった。とはいえ一般的には生活の習慣に起因するところが多い病ではある。

陳中士の説明を聞いてもなお、陶夫妻は信じがたい顔をしている。

「でも、九つの娘が消渇だなんて……」

「娘さんの病は成人が罹るものとはちがい、稟賦《ひんぷ》の不足による生まれつきの消渇です」

「稟賦？」

夫人がその単語をつぶやいた。

稟賦とは生まれつきの性質を言うが、医学の場においては体質というか、もう少し固い言葉でこの病にかんして使うのなら「先天性の不足」というべきだろう。

数はけして多くないが、子供の消渇の症例は報告が見つかった。

症状は大人のそれと似通う部分も多いが、過食や生活の質の問題ではなく、普通に過ごしていてもある年齢に達したところで誘因なく発症する。

「この病の発作は、激しい運動や空腹によって引き起こされることが多いのです」

あ、と夫人が声をあげた。思い当たる節があるのだろう。そもそも翠珠が気づいた理由のひとつが、自分の訪問によって怜玉が菓子を食べなかったことだった。あそこまでひどい発作は起こさずとも、空腹による気分不良は何度か訴えていたのかもしれない。

「しかも子供の場合、大人のそれより急激に増悪することが多く、すぐに対応しなければ生命にかかわることもあります」

その陳中士の説明を神妙な面持ちで聞いていた夫妻だったが、やおら陶警吏の顔が青ざめてゆく。

「まさか……」

気づいたかと翠珠は思った。筆を止めて夫妻の反応をうかがう。最初は不審気に夫を見ていた夫人もはっとしたように口許《くちもと》を押さえる。

「では、亡くなった子供達は……」

「おそらく他のお子様達も、消渇を患っていたのではと思います」

夫婦は衝撃で色を失う。見ていられずに、翠珠は紙面に視線を落とす。

様々な思いはあるだろう。けれど衝撃の後に来るであろう思いは、そのほとんどは後悔と自責であるはずだ。

もっと早く気づいていれば。あのとき子供がなにか言っていなかっただろうか？　なぜあのときもっと注意深く見ていなかったのか？　なにより——。

「ああ……」

夫人は顔をおおい、陶警吏は唇をかみしめている。やがて彼はしぼりだすように言った。

「なんだって、そんな因果な病に……」

そのつぶやきに背を突かれたかのように、夫人ががばっと顔をあげた。

「私のせいなのですか⁉　私がちゃんと産んであげられなかったから」

陶警吏にそのつもりはなかったのだろうが、子供に難治性の病が判明した場合、かなりの確率で母親が自分を責める、または周りが責任を押しつける場合が多い。

「人の身体は何者であろうと、両親から半分ずつ腎精《じんせい》を受け継いで成り立っています。稟賦が原因で起こる病は、両親のどちらかだけが悪いということはありません」

ここにかんしてはきっぱりと陳中士は断言した。しかしこれは聞きようによっては両親がともに悪いというふうに聞こえる。

混乱する夫婦をなだめるように、陳中士はさらにつづける。

「お二人はもちろん御長男も発病していないのですから、どちらかの腎精が悪かったということでは、けしてありません」

そこで陳中士は一度言葉を切り、短い間を置いたあと「持論ですが」と前置いて、おもむろに語りだした。

「人間というものは程度の差はあれ、みな病の因子をどこかに抱えているものと考えています。親が子に自分の腎精を半分ずつ分け与えることで、うまくいけば使われなかった半分の腎精とともに病の因子を永遠に葬りさることができる。いっぽうで残念ながら受け継がれ、それが表面化してしまうこともある。御長男と他の御子さん達の差異には、こういった要素が影響しているのでしょう」

陳中士の話を聞く翠珠の脳裡に、河嬪の姿が思い浮かぶ。

母方の祖母や伯母《おば》と同じ眼病を抱えていた彼女は、それゆえあまりにも過酷な決断を強いられた。しかし彼女の母や兄弟姉妹は、誰もその病を発症していなかった。

「これは人の手でどうこうできる問題ではありません。ですから私も含めて健やかに生まれたことは、本人の徳や資質ではなく極上の幸運にすぎない。ゆえに己の運の良さだけを理由に、病を抱えた者を責めるような傲慢《ごうまん》な真似は誰にもできないのです」

切々とした陳中士の訴えは、思った以上に翠珠の心に響いた。

もちろん不摂生や不用心で病を得たり、怪我を負ったりする者もいる。けれどそうではなくどうにもならぬ理由で病人となった患者も多数いることを、自分は医師として人々に啓蒙《けいもう》していかなくてはならない。そうすることで人々は病を得たことを恥とせずに、胸を張って治療を受けられるようになるのだから。

陶夫妻は複雑な表情で話を聞いていた。おそらく釈然とはしていないだろう。けれど理《ことわり》も道も知らぬ傲慢な者が「因果」とか「不徳」とかの糞《くそ》のような言葉を振りかざして病人とその家族を非難したとき、いまの陳中士の言葉は彼らを支えるだろう。

「李少士、あれをお渡ししてちょうだい」

「は、はい」

陳中士に言われて、翠珠は引き出しを開けた。中には二つの封書が並んでいる。処方箋《しょほうせん》と、先日まとめた消渇患児のための生活指導書きが入っている。

陶夫妻にそれを渡そうとすると、二人は牽制《けんせい》しあうようにたがいに目をむける。まだ頭が整理できていないのかもしれない。いくら陳中士が訴えたところで、なぜ自分の子供がそんな病にという衝撃と怒りは容易には消えないだろう。まして亡くなった三人の子供に対する罪悪感は、あるいは生涯消えないかもしれない。

その混乱を受け止め、受け入れるには時間が必要だ。だから彼らは翠珠が差し出した封書をなかなか受け取ろうとしない。受け取ってしまったら、子供の病を認めなければならないから――。

翠珠は封書を持ったまま立ち尽くす。しばらく様子を眺めていた陳中士がそっと息をつき、静かに告げた。

「たびたび申し上げましたが、お子さま方の病にかんしては、ご両親が悪いわけではありません。しかし悪くなくても、親は未成年の子供を保護する責任があるのです」

陶警吏がひと月ほど休暇を取ったという話を聞いたのは、その二日後だった。

教えてくれたのは夕宵だ。西六殿に行くため内廷への門前まで来たところ、ちょうど出てきたばかりの彼と鉢合わせたのだ。背後には臙脂色《えんじいろ》の官服を着た若い内廷警吏官を伴っている。

「では鄭御史、私はこれで」

「ああ、ご苦労だった」

一礼して戻っていく警吏官を見送ったあと、彼は陶警吏の件を告げたのだった。

「娘の病と治療方針をしっかり学ぶために休みが欲しいと言っていた」

「いいことですね」

翠珠は答えた。小児性の消渇《しょうかち》は大人より管理が難しい。まして先日のように朦朧《もうろう》とした状態になったときなどは、対応の仕方を間違えば生命にかかわってくる。その状態での処置は当人ではできないから、周りがしなければならない。となれば近しい人間には、それを学んでもらう必要がある。

父親の陶警吏が学ぶことは親としての義務だし、場合によって怜玉も自分の病を公表する必然性に直面するだろう。それでも神罰で子供が死ぬ家などの奇天烈《きてれつ》な噂を流されれるより、たぶんましなのだと思う。

「街で騒動を起こしたときはかなり追い詰められていると心配していたが、落ちついたようだ」

安心した顔の夕宵に、ふと思いついて翠珠は尋ねた。

「ところで鄭御史は、どうしてあんなところを歩いていたのですか？」

「え？」

「いえ。花街の方向からいらしていたので、まあそうかなと思ったのですが、考えてみたら退庁時間前だったので、だったら違うのかなと思って……」

夕宵の顔がみるみる赤く染まる。

「だから、なぜあんな方向から来たのかなあと」

「ちがう、誤解だ！　あ、いやそうだ」

あからさまにうろたえながら否定し、次いであわてて肯定する。回りくどい言い方をしたが、結局は花街に行っていないのだろうというのが翠珠の臆測《おくそく》だった。それを否定しては勤務時間中に花街に行っていたということになる。

「仕事でその先にある通りに行ったんだ。言っておくが、私はああいった類《たぐい》の場所に興味はない」

断固として夕宵は言った。別にそんなむきにならなくてもとは思ったが、それを口にするのはさすがに気遣いに欠ける気がして黙っていた。

微妙に気まずい空気の中、遠慮がちに夕宵は問うた。

「婦人は、ああいう類の店が嫌いではないのか？」

「良い感じはしません」

正直に翠珠は答えた。

翠珠が知っている範囲で、たいていの素人の女はそうだ。配偶者、恋人が玄人相手の店に行くことに、たとえ社交上での付き合いと言われても良い顔はしない。中には嫉妬《しっと》の感情をむき出しにする者もいるが、それは恋人や妻としては自然な感情だと思う。

けれど未婚で恋愛経験にも乏しい翠珠の嫌悪の理由は、そういうことではないのだ。

「ああいう場所で働いている婦人の大半が、本意ではないことが想像できるからです」

だから妻や恋人として嫉妬する気持ちは理解できても、商売女の立場をあからさまに蔑《さげす》む者には業腹である。

これは病と同じだ。陳中士が言ったように、健やかに生まれたことは、本人の徳や資質ではなく極上の幸運にすぎない。ゆえに己の運の良さだけを理由に、病を抱えた者を責めるような傲慢な真似は誰にもできない。

それと同じ理由で、健全で恵まれた環境に生まれたからといって、苦界に住む者を蔑む権利などないと翠珠は思っている。

翠珠のその答えに、夕宵は面食らった顔をする。

まじまじと翠珠を見つめたあと、彼はため息交じりに言った。

「君はすごいな」

翠珠はなにか応じようとしたが、夕宵はさらりと話題を変えた。

「ところで、いまから診察か？」

「あ、はい。今日から新しい方を担当させていただくことになりました」

妃嬪《ひひん》にはすべて担当医官がつく。病の有無は関係なく、健康管理の目的である。身分の高い妃はとうぜん上位の医官《きききき》がつく。

翠珠が担当することになったのは、礼氏《れい》という若い侍妾《じしょう》だった。

莉《り》国の後宮には、正妻となる皇后の下に四妃が存在する。貴妃、淑妃、徳妃、賢妃である。一応この上には皇貴妃という地位があるのだが、名誉職的なところがあり頻繁には任命されない。四妃の下が嬪となり、ここまでの者は個人で殿を賜ることができる。

その下の侍妾達は、妃嬪の殿舎の部屋住みとなる。

礼氏は紫苑殿、つまり孫嬪の殿に住んでいる若い侍妾という話だった。それが分かっていたら、芍薬殿で孫嬪に会ったときもっとしっかり挨拶《あいさつ》をしたのにと思った。

翠珠が口にした礼氏という名に、夕宵は首を傾げた。

「悪いが覚えがない。最近入宮された方か？」

「いえ、私もお会いしたことはなかったのですが、一年近くにはなるそうですよ」

「そうか、それは申し訳ないな」

夕宵は気まずげな顔をするが、彼とて後宮を専門に担当しているわけではない。自由に出入りできない後宮の、妃嬪より下の側室の名など覚えていなくて当然だろう。

それにしても御史は他に三人もいるのに、夕宵のような若い美男子に後宮を担当させる御史台という機関もちょっと迂闊《うかつ》ではないかと思う。

「しかし侍妾のような下位の方にも、担当医官がつくのだな」

「礼侍妾は特別です。帝の御寵愛《ちょうあい》が深いので、孫嬪が計らったそうです。本来ならば担当医官が付くのは妃嬪までですから。それゆえ私のような若輩者にその役割が回ってきたのでしょう」

そのあとはあたりさわりのない世間話をした。夕宵が後宮を訪ねた目的に興味がないわけでもなかったが、彼からなにも言わないのだから話せない内容なのだろう。御史台という職務上しかたのないことである。

「では、私はそろそろ紫苑殿に」

話が途切れたところで、翠珠が切りだしたときだ。

外廷側、正確に言えば杏花舎の方向から錠少士が歩いてきた。先日、夕宵と話していることを勘ぐってきた、あの丸顔の少士である。

「あ、李少士。聞いた？」

門前に翠珠の姿を見つけた錠少士は、小走りに駆け寄ってきた。少しして夕宵の存在に気づいてあわてて一礼する。

「なにかあったのですか？」

翠珠は尋ねた。錠少士は夕宵のほうを一瞥《いちべつ》する。気を利かせた夕宵が「では、私は」と言って去ろうとしたのだが、錠少士が「いえ、どうせ耳に入ると思います」と言ったので足を止めた。

自分の言葉を待つ翠珠と夕宵に、錠少士は憤然と言い放った。

「痘苗《とうびょう》用の痂皮《かひ》を運んでいた馬車が、枯花教の信者に襲撃されたらしいわ」

第二話　女子医官、寵姫をうけおう

「李少士。そなたの話は呂貴妃さまから聞いています」

ゆったりとした声音は、優し気な彼女の容貌《ようぼう》にふさわしい。

紫苑殿の主、孫嬪は三十五歳。けぶるような眉《まゆ》と少し下がった目尻《めじり》が緩やかな弧を描いている。なよやかな身体を包むのは、桃色の花紋と鵲《かささぎ》を縫い取った棣棠《ていとう》（山吹）色《いろ》の大袖衫《おおそでさん》。すっきりと結った髷《まげ》に挿した百日紅《さるすべり》の象生花（造花）は、薄紅の珊瑚《さんご》を細工したものだった。

全体的に角がなく、柔和な印象の押し出しのよい婦人である。しかし、その視線はなんとなく落ちつきなくさまよっているようにも見える。

（ひょっとして、私が精査されているのかしら？）

将来有望な侍妾の担当医官なのだから、疑わしき点は徹底して洗いださねばという気持ちは分かるのだが、呂貴妃から話を聞いているのならもう少し警戒を解いてくれてもよさそうな気はする。

（呂貴妃さまが私のことをなんと言ったのかは知らないけど……）

関係を考えれば、悪くは言われていないと思うのだが、経験の浅さから不安を抱かれることはしかたがない。

幸いにして、家族やら学校での成績やらの問いに当たり障りなく答えているうちに、孫嬪の表情は次第に和らいでいった。そうやってある程度、信頼してもらえたからこその、この発言だったのかもしれない。

「すでに承知のことと思いますが、礼侍妾はこの紫苑殿の最後の希望なのです。私が寵を受けられぬ身であるいまとなっては、あの娘にはなんとしても子を産んでもらわねばなりません」

唐突に告げられた重い言葉に度肝を抜かれる。とはいっても寵愛の衰えた妃嬪が、地位は低いが寵愛の深い侍妾を手許《てもと》に置いて、後宮での地位を保とうとするのは、よくある話ではあった。

気を引き締めて孫嬪を見ると、彼女の眸《ひとみ》にはひどく思いつめた色が浮かんでいる。巧妙に視線をあわせないように気遣いながら、翠珠はゆっくりとうなずく。

「御寵愛の深い御方だと聞いております」

「そうです。それゆえ近頃は、他の侍妾からの嫌がらせもひどくなっています。加えて河嬪の件もありましたので、近頃はすっかりふさぎこんでしまっているのです」

河嬪の出家が、後宮に与えた衝撃は大きかった。

寵姫が妊娠を拒み、自身で避妊をしていた。しかも表向きの理由が流産による精神的打撃というのだから、懐妊を切に願う女達からすればどう反応してよいのか分からない案件だ。それでも大半の妃嬪達が、彼女の処分にかんして皇帝に恩情を求めたというから同情はあったのだろう。

「河嬪は優しい人柄だったゆえに、礼侍妾は姉のように慕っていたのです。彼女が後宮を出たときはひどく落ちこんでおりました。そのせいなのか近頃は月のものも不安定になり、ひどく苦しむこともあるようなのです」

「礼侍妾さまは、お若い方でしたね」

「十六歳です」

「少しでも健やかに過ごせますよう、心をこめてお仕えいたします」

われながら大袈裟《おおげさ》な言葉を使ったとは思った。かえって胡散臭《うさんくさ》くなかったかと危ぶんだが、孫嬪は違和感を持たなかったようだ。

「頼りにしていますよ。ではさっそく侍妾の部屋に──」

女官の一人が「こちらへ」と先導する。青灰色の襖《おう》は鈴娘《りんじよう》と同じお仕着せだが、裙《くん》は少し浅い色の緑だった。高等女官ではあるが、鈴娘よりは地位が低いのだろう。仕えている主人の地位の差か。

孫嬪の実家は呂貴妃の実家に負けず劣らずの権門だと聞いているが、子供の有無でいまの地位に差がついている。このうえ栄嬪が子を産んで妃に昇格でもしたら、十歳以上若い高慢な相手に対する孫嬪の心中は想像に難くない。

前庁を抜けて、いったん院子《にわ》に出る。

初冬の花壇には、大呉風草《だいごふうそう》(ツワブキ)が鮮やかな黄色の花を咲かせている。植え込みの山茶花《さざんか》は薄桜色の花弁をほころばせて黄金色《こがねいろ》の花蕊《かずい》をのぞかせていた。

むかって右手の廂房《しょうぼう》前で声をかけると、若い女官が扉を押し開いた。朱色の襖と桃色の裙のお仕着せ姿である。

「新しい医官が、侍妾《じしょう》さまにご挨拶にうかがいましたよ」

「ああ、どうぞ」

案内されて、翠珠は中に入る。孫嬪の女官とはここで別れた。

奥の部屋ではうら若い婦人が長椅子に腰を下ろしていた。礼侍妾で間違いないので、翠珠はその場で膝《ひざ》をつく。

「礼侍妾さまに、ご挨拶を申し上げます」

「どうぞ楽にして頂戴《ちょうだい》」

風鐸《ふうたく》のような可愛らしい声に促されて立ち上がる。

小手毬《こでまり》の花を縫い取った翠標色《すいひょういろ》の大袖衫。細かい襞《ひだ》をよせた蓮紅色《れんこういろ》の裙。形よく結い上げた豊かな黒髪には碧玉《へきぎょく》をあしらった銀細工の髪飾りが輝く。初々しい美貌《びぼう》にしばし見惚《みと》れたあと、翠珠は「あ」と声をあげる。

礼侍妾のほうも気づいたらしく、黒瑪瑙《めのう》のような目を瞬《しばた》かせた。

先日、通りすがりに見かけた女官ではないか。呂貴妃の芍薬殿から戻る途中、塀にもたれていた彼女だ。ずいぶん洗練された娘だと思っていたら、まさか侍妾だとは。

（え、なんであんな恰好《かっこう》をしていたの？）

　翠珠が彼女を女官だと思ったのは、お仕着せを着ていたからだ。しかも一人でいた。およそ侍妾のふるまいではない。などともろもろの疑問は浮かんだが、そこはぐっと堪《こら》えて口には出さず、翠珠は表情を平静にあらためた。訳ありにあまり介入しないほうがよいことぐらい、半年近くも内廷勤務をしていれば悟ってくる。とうぜん礼侍妾も同じようにふるまうだろうと思った、のだが――。

「いやだ、まさかあなたが担当になるとは思わなかったわ」

　予想に反して、礼侍妾は露骨にうろたえだす。若い女官は不審気に主人と翠珠の顔を見比べたが、すぐになにか思いついたような顔をする。

「ひょっとして、散歩に行かれたときに？」

「そう、目があったから覚えていたの」

　困り果てたように礼侍妾は言うが、だったら知らぬふりをしろと思った。内廷に慣れぬ翠珠でさえ、それぐらいのことは思いついたのに。

　二人はなにかぼにょぼにょと言いあったあと、あらためて女官が言った。

「侍妾さまが独りで散歩をなされていたことは、どうぞご内密に願えませんか。特に孫嬪さまには絶対に――」

　懇願するような物言いに、翠珠は余裕を取り戻した。

「それは容易《たやす》いことですが、なぜ侍妾さまは女官の服などをお召しになられていたのですか？」

「散歩くらいは一人で気楽に回りたいと仰せで」

「ですが……」

「言いたいことは分かるわ。でも秋児《しゅうじ》は悪くないの。私がそれぐらいできないともう我慢ができないと癇癪《かんしゃく》を起こしたから、やむにやまれず許してくれたのよ」

礼侍妾は訴えた。女官に失態をなすりつけないところなど真っ当な性格なのだろう。これまでの対象が厳格な呂貴妃と横暴な栄嬪なだけに、市井ではしごく一般的な行動であるにもかかわらず感動さえ覚えてしまう。

「この御召し物で外を歩いたら、すぐにばれてしまいますし……」

「東区の御苑《ぎょえん》にある山茶花がとても見事に咲いていると聞いたから、どうしても観に行きたくて」

「山茶花ならこちらの院子にも咲いているではありませんか」

「あんなものじゃないらしいのよ」

翠珠の指摘に、礼侍妾は女友達に対するように反論した。翠珠自身もだんだん寵姫よりも友人と話しているような気持ちになってきた。

「塀のように長い生垣になっているらしいの。高さも小さな殿なら覆い隠してしまうほどに育っているらしいわ」

目をきらきらさせて語るさまなど、十一、二歳の少女のようだ。

「東区にそのような立派な山茶花があったとは、存じませんでした」

「でも、結局は見つからなかったのよね」

しょんぼりと礼侍妾は言った。生垣になっているらしい、という物言いからしてそうだろうとは思った。それでなくとも不慣れな東区なので、これ以上動き回ると迷ってしまうと泣く泣く断念し、翠珠と会ったときは諦《あきら》めて戻る途中だったらしい。

「それほど見事なものでしたら、私も観てみたいものです」

「見つけたら、ぜひ私にも場所を教えてちょうだい。そうしたら今度はちゃんと秋児を連れて観にゆくから」

礼侍妾は期待に目を輝かせるが、翠珠は探しに行くとは一言も言っていない。見事な山茶花への好奇心はあるが、この場は社交辞令的に話をあわせただけである。もちろんそんな反論をしては、その社交辞令の意味がなくなる。

「そうですね。うまく見つけることができましたら、侍妾さまに報告いたしますね」

「ありがとう、楽しみにしているわ」

隣にいる秋児は女主人の無邪気さに苦笑いをしている。彼女の年齢は翠珠と同じか、少し上くらいかもしれない。美しい女主人を敬いつつ、妹に対するような親しみもにじませている。確かに可愛い女性だとは翠珠も思った。後宮の婦人達はよく言えば洗練、悪く言えば世慣れしている。その中では場違いとも思える無邪気さと初々しさだった。

皇帝が彼女を気に入るのも無理はない。

しかし孫嬪の話ではだいぶんふさぎこんでいると聞いていたが、そんなふうにも見えない。顔色もそこまで悪いとは思わないから、もしかしたら孫嬪相手に緊張していて、それが誤解されたのではないだろうか。

これはしっかり四診を行わねばと気を引き締める翠珠の前で、礼侍妾はまるで女友達に対するように朗らかに話をつづける。

「女子医官は、内廷でも外廷でも好きなように回れるのでしょう。羨《うらや》ましいわ。後宮の中でなにか珍しいものがあったら、教えてちょうだいね」

「承知いたしました。ところで礼侍妾さま」

「なあに？」

「孫嬪さまから月のものが重いようだとお聞きしたのですが、いかがでしょうか？」

とつぜん話題を変えられて、礼侍妾は少ししらけた顔をする。そんな顔をされても、翠珠の目的はもともとそちらである。

「重い、のかしら？　人と比較するものでもないからよく分からないけど」

「腹痛は毎回ございます」

秋児が代弁した。

「寝込むほどにひどいことは？」

「常ではございませんが……侍妾さま、いかがでしょうか？」

「痛いことは痛いけど、月のものなんて、そんなものだと思っているから」

礼侍妾はさらりと答えた。個人差はあるが、月経のときに生じる多少の不快感は確かに正常範囲である。けれど痛みや苦痛の程度は主観的になってしまうから、正常と異常の区別がつけにくいのだ。

「月のものにかんしては、痛いことが必ずしもしかたがないわけではありません」

「そうなの？　毎月毎月、いやになってしまうわ。月のものが来るたびに、また身籠《みごも》れなかったのかとがっかりして胸まで苦しくなる。周りの方々も失望させてしまうもの」

礼侍妾は不貞腐《ふてくさ》れた。光景が思い浮かぶ。礼侍妾本人はもとより、先刻面会をした孫嬪も、礼侍妾の懐妊に並々ならぬ期待をよせていた。その彼女達にとって月のものの訪れは希望を打ち砕く忌まわしいものでしかない。まして痛経《つうけい》（月経痛）が強いのなら、ただでさえ煩わしく思っているだろうに。

「胸が苦しくなるって、どのあたりですか？」

心苦しいという意味の比喩《ひゆ》かと思ったが、念のために訊《き》いておく。胸のつかえは立派な病理的所見だし、左側の痛みは心臓の病の兆候ということもある。

礼侍妾は自身の右胸を拳《こぶし》でぽんと叩《たた》いた。

「このあたりかな。つかえというか、しめつけられるような感じがするの。月のものがはじまると必ずね。でも半日か一日ぐらいで、じっとしていたら良くなるわ」

最悪、心臓の病ということではなさそうだ。ごくまれに心臓が右にある者がいるらしいが、入宮前の健康診断を確認したかぎりそのような報告はなかった。

胸の痛みは心と肺の病変から起こりやすいが、礼侍妾《じしょう》の様子から見るに軽い鬱証《うつしょう》によるものではないかとも思う。気分が塞《ふさ》ぎがちになり、焦燥感や胸の煩悶《はんもん》感、喉《のど》のつかえ感などが主症状となり、治療は気の巡りを改善する方向で行われる。

東洋医学において人の身体を構成する基本要素を、気、血、水という。

血は身体の各器官に栄養を与え、滋養させる働きを持つ。水は血以外のすべての体液を指し、その役目は全身を潤すことだ。

この二つに比べると気は、やや観念的な要素で目には見えない。しかしこの巡りが悪くなるとさまざまな精神的不調を患者にもたらす。ちなみにこの三つの要素は相互に影響しあって働くものなので、それぞれの不調にもかかわりあう。

ここまでの礼侍妾の訴えを聞くと、近頃はすっかりふさぎこんでいるという孫嬪の言葉は正しかったのかもしれない。

（ふさぎこむ理由は山のようにあるものね）

慕っていた河嬪の失脚。他の侍妾によるいやがらせ。後者は孫嬪から聞いただけで真偽は定かではないが。

他にも翠珠の行動範囲を羨ましがるあたりなど、活発な女性だったとうかがわせる言動が多い。それが入宮以降は自由に外に出ることもできないのだから、それなりに鬱屈《うっくつ》は溜《た》まっているだろう。

もちろん最大の憂いは、懐妊への期待と失望だとは思う。月のものが来るたびにがっかりすると自ら口にしていた。

医学的には十六歳という若年での妊娠は好ましくない。女性の身体は七年単位で変化が生じる。十四歳は月経がはじまり妊娠が可能となる年頃だが、まだ成熟していない。身体が安定するのは二十一歳、もっとも満ちるのは二十八歳とされている。その理論からいえば、十代での妊娠は身体への負担が大きい。

しかし世の男というのは自分の年もわきまえずに女にのみ若さを求めるから、年老いた金持ちの男が財力に任せて、子や孫ほどの若い娘を身籠らせるという気色悪い現象が起こる。もっとも男のほうも年老いたのなら子を作る機能が衰えているから、懐妊させたというのはそれだけ力が漲《みなぎ》っているという証《あかし》なのかもしれないが。

ともあれ、後宮ではそんなことも言っていられない。皇帝は子孫を増やすことが責務なのだから、妃嬪《ひひん》の数が多いのは必ずしも好色が理由なわけではないのだ。まして懐妊はもう少しあとがよいなどと口が裂けても言えない。捉《とら》え方を間違えられてしまえば処分を受ける可能性もある危険な言葉だ。翠珠が礼侍妾にできることは、懐妊するにふさわしい健やかな状態に導くことだけである。

あれこれと会話をしながら、翠珠は礼侍妾の様子をうかがった。顔色はよい。十六歳の乙女らしい珠《たま》のように美しい健康的な肌だ。

「舌を診せていただけますか？」

翠珠の指示に礼侍妾は素直に従った。舌の色はやや紫がかっている。これは血の巡りが悪い瘀血《おけつ》の状態を示すもので、痛経を伴う者によくある所見だった。

「気と血、特に血の巡りが悪いのかもしれません。薬を処方しますので、服用してみましょうか」

「お薬？」

礼侍妾は不安げな顔をする。

「ええ、特に血の巡りがよくなれば痛経は改善するでしょう。そうなれば懐妊も望みやすくなるでしょう」

「……でも薬なんて、大袈裟《おおげさ》よ」

いまいち乗り気ではないということは、おそらく口ほどに痛経には悩んでいないのだろう。あれこれ不調を訴えるので医師の性《さが》で具体的な対処法を提案すると、とたんに臆《おく》してしまう者が一定数いる。本当に苦痛を感じているならそんな呑気《のんき》な反応はできない。慣れているといえば慣れている。

「薬に抵抗があるのなら、最初はお食事のほうを見直してみましょうか」

この翠珠の提案にも、礼侍妾の反応はいまひとつだった。痛経にかんしてさほど深刻に感じていないのなら、面倒くさいとしか思わないかもしれない。健康よりも好きな物を好きなだけ食べたいと望む年頃だ。その年齢を考えても、懐妊はそこまで焦らなくてもとは思うが、気鬱《きうつ》の理由に不妊があるのなら、前向きに考えたほうが結果的にはよいはずだ。

「侍妾さま、李少士がこう言ってくれていますから、食事のほうを検討してみましょう」

見兼ねた秋児が口を挟むと、ようやく礼侍妾はうなずいた。翠珠はほっとした。

「では明日にでも、食材と献立の表をお持ちしますね」

「よろしくお願いします」

秋児が言った。礼侍妾は少し不服気な顔をしている。機嫌を損ねたかと危ぶんだが、これでそんな反応を示されたら医師としてなにも言えない。先が思いやられるとげんなりしながら暇《いとま》を告げる。

「待って、李少士」

部屋を出ようと扉の前まで来たところで、礼侍妾に呼び止められた。

「はい？」

「色々とありがとう。これからもよろしくね」

申し訳なさそうに言われて、翠珠は噴き出したくなった。

憂鬱《ゆううつ》だった心が瞬く間に晴れて、翠珠は笑みを浮かべて言った。

「こちらこそ、心を込めてお仕えいたします」


「東区の山茶花《さざんか》？」

首を捻《ひね》る錠少士に、翠珠は説明を加える。

「大きく生垣を作っているらしくて、とても見事なものだと礼侍妾さまが教えてくださったのです」

彼女が一人でそれを探しに行ったことはもちろん言えない。礼侍妾よりも秋児のほうが罰せられてしまう。

「どうかな？　私は東区担当だけど聞いたことがないわ」

「三年目の師姐《シージエ》がご存じないのなら、ただの噂かもしれませんね」

「山茶花の植え込みはあるから、その話が大きくなって伝わったのかもしれないわ」

「ですかねえ。でも山茶花の花壇や植え込みなら、西区にだってありますけどね」

「それは東区ではなく、奥北区の話だと思うわ」

苧麻《ちょま》の内暖簾《のれん》をかき分けて詰所に入ってきたのは紫霞だった。

「奥北区？」

翠珠と錠少士は二人で声を揃える。

「奥北区って、皇太后宮とか劇場があるところですか？」

東六殿と西六殿の奥には、また別の区域がある。皇太后をはじめ、先帝の妃《きさき》で子を持つ者、あるいは成人したが未婚の公主が住んでいる。劇場や図書室、庭園などの娯楽施設も充実している華やかな場所だと聞く。ちなみに今上の母親はすでに亡くなっているので、豪奢《ごうしゃ》な皇太后宮も現在は主《あるじ》不在である。

「それは奥東区と奥西区よ。その奥というか、もともとは奥東区の一部だったということだけど、そこに離宮があるのよ」

「本当ですか？　知らなかった」

錠少士が驚きの声をあげた。翠珠も驚いたが、それは離宮の存在ではなく、三年近く宮廷医局に勤めている錠少士でさえ知らぬ場所があったことにだった。

（ほんと、後宮って広いんだなあ）

いまさらしみじみ思う。

紫霞の説明によると、奥東区の一部が山茶花の生垣で囲まれており、奥北区と称されている。その中に宮殿があるのだという。かつては別の呼び名だったらしいが、いつしか山茶花殿と呼ばれるようになった。

「そんなところに、どなたかがお住まいなのですか？」

「青巒《せいらん》長公主さまよ」

聞いたことがない名称に翠珠はきょとんとなる。勤務半年の翠珠はもちろん、三年目の錠少士も覚えがない顔をしている。

「え、と……」

「長公主さまというのなら、陛下のご姉妹ですよね」

「そうよ。皇帝陛下の異母姉だったかしら？　あら、妹だったかしら……」

紫霞は珍しく曖昧《あいまい》に言葉を濁す。異母兄弟が大勢いるから、どちらが上か下かというのは覚えにくいかもしれない。いずれにしろ皇帝と近い年回りということだ。となると四十代あたりか。

「後宮にお住まいということは、離縁なされたのですか？」

「いえ、ご結婚そのものをなさっていないと聞いているわ」

紫霞の返答に、翠珠と錠少士は顔を見合わせる。それはかなり珍しい。よほどの事情がないかぎり、最初から独身を通す公主はいない。彼女達は基本的に降嫁する存在だ。なにか事情があるのかと尋ねようとしたとき、錠少士が「あっ！」と声をあげた。

「青巒長公主さまって、あの痘瘡《とうそう》の……」

「痘瘡？」

訝《いぶか》し気な顔をする翠珠の前で、紫霞がうなずいた。

「そうよ。李少士はともかく、錠少士なら噂ぐらい聞いたことがあるでしょう」

「……はい。ですがあまりにも沙汰《さた》がないので、ただの噂だと思っていました」

「無理もないわね」

紫霞は言った。

「私だって一度もお会いしたことがないから。貞《てい》医局長がごくたまに出向くときに、あらためて思いだすぐらいだもの」

貞医局長とは、女子医局長である。二人のやりとりに完全において行かれた翠珠は不服な顔をする。すると錠少士が機嫌を取るように言う。

「本当にそう思っていたのよ。いまのいままで、後宮によくある亡霊類の噂だと」

「青巒長公主さまは、痘瘡に罹患《りかん》なされたのですか？」

翠珠の問いに、錠少士は図星をつかれた顔をするが、二人のやりとりを聞いていれば容易に想像ができることだった。

「そう聞いているわ。辛うじて一命は取り留められたそうだけれど、容貌《ようぼう》をひどく損なわれたとかで人前には滅多にお出ましにならない。特に今上の世になって山茶花殿にお住まいを変えられてからは、二十年以上外にお出になったことがないそうよ」

淡々とした紫霞の語り方だからこそ、かえって悲惨な内容が真に迫る。痛ましさに胸がつまる。北村に行く途中の馬車の中で、痘瘡の後遺症を持つ十七歳の娘の話を聞いた。あのときも感じたが、見たことがないから苦しんでいる人がいないということではないとあらためて痛感した。

「でも、当時宮廷医局に勤めていた医官達は全員が配置換えになったらしいから、詳しいことは分からないのよね」

含みがある物言いだったが、紫霞の意図するところは翠珠にも想像がつく。配置換えという名目の左遷だったのだろう。それでも軽いうちかもしれない。いまは過失以外で医師が罰せられることはないが、昔は貴人の治療がうまくいかないときは、あきらかに理不尽かつ過酷な処分もあったと聞く。

「本当にいらしたのですね」

錠少士が言った。その口ぶりは憂鬱気だった。噂には聞いていても、こうして紫霞の話を聞くまで信憑性《しんぴょうせい》を疑っていた。けれどあらためてその存在を突き付けられて、翠珠と似たような心境に陥っているのだろう。

彼女はきりっと表情を引き締めた。

「やっぱり、痘苗《とうびょう》は必要ですね」

「本当に、枯花教もなにを考えているのかしら」

侮蔑《ぶべつ》交じりの紫霞の発言には理由があった。

痘苗を運ぶ馬車が枯花教を名乗る集団に襲われ、運搬物が奪われた話は医官局はもちろん宮廷医局にも衝撃をもって伝えられた。この痘苗は医官局所有のもので、さる王府の子息に接種希望があったために輸送していたところだった。

枯花教があらゆる医術に否定的で、民衆の猜疑《さいぎ》心を煽《あお》る発言を繰り返していたことは周知だった。けれど医師や医院に対して暴行を働いたという話はなかったし、薬物を奪うような犯行もなかった。だからこそ流行《はや》り病《やまい》がないときは無視できたのだ。

けれど今回は、明確な犯罪行為に出た。人々を惑わす得体のしれぬ怪しげなもの、などと喚《わめ》いて痘苗を奪って逃げ去ったのだ。運搬を担った者達に大きな怪我がなかったのは不幸中の幸いだったが、翠珠から言わせれば、彼らが口にした『人々を惑わす得体のしれぬ』等のくだりは、そのままそっくり返すといったところだ。

「こう言ってはなんだけど、陶警吏の働きはやはり大きかったのね」

紫霞は嘆息した。私情交じりで越権行為などの問題行動もあったが、そのおかげで枯花教の問題行動が抑えられていた。陶警吏がいなければ、枯花教はもっと早くにあらゆる医療に牙《きば》を剝《む》いていたのかもしれない。

「医官局も、当面は内密に輸送を行うことを決めたらしいわ」

まさか襲われるなどと思ってもいなかったから、特別箝口令《かんこうれい》も敷いていなかった。王府側も同じだろう。子息が接種を受けるのだと、世間話として口にした家人や使用人がいても不思議ではない。

今回の襲撃は、それを聞きつけた枯花教から狙われたと考えられている。痘苗にかぎらず彼らがあらゆる医術に反発を抱いているのなら、今後は官民を問わずにすべての医療機関に注意が必要になる。もちろん医師本人も同様だ。

「私達も、しばらくは用心したほうがよさそうですね」

不安げに錠少士が言う。紫霞はうなずいた。

「そうね。杏花舎《こ》と官舎の往復は、内城までだから心配はないと思うけど、街に出るときは官服ではないほうが安全かもしれないわね」

女子の官服の種類は、女官と女子医官ぐらいしかない。しかも前者は滅多に市井に出ないから、官服を着ていればすぐに女子医官だと分かってしまう。未《いま》だに世間の風当たりが強い女医ではあるが、官人であることを示すことで身を守る手段になっていた。しかし枯花教相手ではそれが仇《あだ》になりかねないのだ。

「この季節は外套《がいとう》を着るから、そこまで神経質にならなくてもよいかもしれないけど」

あらためて紫霞が言った。ちなみにだが彼女や錠少士は、翠珠達とは別の個室の官舎に住んでいる。研修期間中の二年目までの女子医官は、学生寮も兼任した二〜三人部屋の官舎住まいだが、三年目以降は同じく内城にあるその官舎に移ることができる。比較的若い独身の医官はたいていここに住んでいる。既婚者や経歴の長い者は、外城にある戸建てに住んでいる。陶警吏の住宅もそうだったが、これらは官舎として役所が借り上げたものだ。

「まあ、それはともかくとして——」

紫霞は口調を変えた。

「山茶花《さざんか》の生垣については、そういうことよ。礼侍妾《じしょう》さまにも、あまり軽い気持ちで行く場所ではないとお伝えしてちょうだい」

錠少士とのやりとりを、どこから聞いていたのだと翠珠はひるみかけた。

とはいえ青巒長公主の話を聞くかぎり、物見遊山の気持ちで出かけるのは心が痛む。あの素直そうな婦人なら、そう説明をすれば分かってくれるだろう。

「わかりました。伝えておきます」

「山茶花の生垣を見るだけなら、別に構わないはずよ。他の殿舎と同じで、山茶花殿にだってきちんとした塀があるはずだから、中をうかがうことはできないでしょう。長公主さまが外に出てくることはまずありえないから。ただ女官や宮女を連れて賑々《にぎにぎ》しく行くべきではないでしょうね」

宮女とは女官とちがって官位を持たぬ、身分の低い婦人の使用人全般を指す。しごくもっともな紫霞の発言を聞いた翠珠は、礼侍妾が独りで山茶花殿を探しに行ったのだとは決して言えないと思った。

奥北区、正確に言えば奥東区の最北部に翠珠が足を向けたのは、その二日後だった。宿直明けの医官は、申しおくりを済ませれば帰ってよいことになっていた。宮廷医官は二年目から宿直を任されるのだが、翠珠は異動して日が浅いことを理由に昨日まで免除されていたのだ。

はじめての当直は、炭を移しているさいに火傷《やけど》をしたという宦官《かんがん》が一人来ただけでたいしたこともなく無事に終わった。産み月が近い栄嬪が心配だったが大丈夫だった。お産そのものは専門の産婆が扱うが、嬰児《えいじ》や妊婦になにかあった場合は医官が対応しなければならない。

「昨日はあなたのことが気になってよく眠れなかったわ」

出勤してきた紫霞が、翠珠の顔を見るなりそう言ったことには、嬉《うれ》しいやら申し訳ないやらである。翠珠のほうはわりと仮眠を取れたので、なおさらそう思う。

申しおくりを終えて、詰所を出る。今朝は霜が降りていたと聞いたが、確かに外の空気は肌を刺すように冷たい。宮廷の院子《にわ》で紅葉を残していた落葉樹はすべて葉を散らし、枯れ枯れとした細い枝が、冬の凍《し》みた空にむかって突き刺さるように伸びている。

外套の襟を固くあわせながら杏花舎の門を出た翠珠は、城外に通じる医官用の通用口ではなく内廷にむかった。そこから東区を経て奥東区に入る。奥西区に入ったことはあったが、東ははじめてだった。

後宮の経路にはだいぶん慣れていたが、念のために地図を手にして奥に奥にと進む。途中で宮女や宦官とすれ違ったが、特に怪しまれた感じでもなかった。もしもなにか問われたら、礼侍妾の願いで山茶花の生垣の場所を確認に来たと答えるつもりだったので、ちょっと拍子抜けした。

その彼らも、宮道をひたすら北にむかって進んでいくうちに見かけなくなってくる。あまり進むと帰り道が分からなくなるのではと悩んだところで、突きあたりに色褪《いろあ》せた牌坊《はいぼう》が見えた。両脇には屋根付きの塀が延々と延びていた。目を凝らしながら進むと、牌坊の向こうに赤い花を確認する。

「あった」

白い息を吐きながら、翠珠は足を進める。距離が近づくにつれて様相がはっきりとしてくる。牌坊をくぐった先は山茶花の生垣が左右に延々とつづいていた。ちなみに牌坊からつづく塀は内側に入ってみると回廊になっていた。

驚くほど長い生垣だった。ここから見渡したかぎりでは終わりが見えない。高さは翠珠の背を優に越している。艶《つや》のある常緑の葉の隙間を埋めるように、八重咲の山茶花が緋色《ひいろ》の花を咲かせていた。

翠珠は感嘆した。礼侍妾の話を聞いて想像していたよりずっと立派な生垣だった。まだ蕾《つぼみ》も多いが、これが満開となればどれほど見事な光景になるだろう。

本来であれば、観覧の者であふれかえる名物の場所になりえたかもしれない。けれどこのむこうの殿舎に住む悲運の貴人を慮《おもんぱか》って訪れる者はほとんどいないと聞く。生垣があまりにも高くてそのむこうにあるであろう殿の塀すら見えない。

その場に立ち尽くし、何重にも重なった枝葉を見つめる。

なぜこの場所を訪れたのか、あらためて自問する。

青巒長公主に面識はない。会いたいと思ったわけでも、会ってもらえると思ったわけでもない。まして猟奇的で趣味の悪い好奇心であるはずがない。

ここに来た、その理由は──。

生垣を眺めていると、やがて複雑にからみあった枝葉の中に指を丸くつなげた程度の大きさの穴がぽっかりと生じていることに気づく。

翠珠がそこに目をむけたのは、本当に偶然だったのだ。

その先に人影を見つけた。その人はこちらを見ていた。

青巒長公主だと、すぐに分かった。

なぜならその人の容貌《ようぼう》は、こんな小さな穴越しでもはっきりと分かるほどに崩れていたからだ。煉瓦《れんが》のような赤黒い色調の顔は、古い痘痕《あばた》が残るためだ。いや、それは痘痕を通り越してまるで瘤《こぶ》のような大きさの隆起となってぼこぼこ浮かび上がり、目鼻口の場所を分からなくするほどになっていた。

にもかかわらず、彼女が翠珠を見ていることは分かった。何故なら——痛いほどの視線を感じたからだ。

思った以上の衝撃的な姿に、翠珠はひどく動揺した。

けれど、ここでそれを微塵《みじん》たりとも出してはならない。まして逃げ出すなど言語道断である。翠珠は一流の役者のような気持ちで表情を保ち、その場に膝《ひざ》をついた。こうなると互いの姿は生垣のむこうに隠れてしまう。

しばしの間ののち「立ちなさい」という、しゃがれ声が聞こえた。不自然な声音は痘《とう》瘡《そう》の瘢痕《はんこん》が大きくなって咽頭《いんとう》を侵しているのかもしれない。伏せた顔の下で息をつき、翠珠はゆっくりと立ち上がった。変わらず生垣のむこうに立っていた青鑾だが、いつのまにか黒っぽい色の蓋頭《がいとう》をかぶっていた。申し訳ないがほっとしたことは否めない。あの容貌を前にして、少しも感情の揺らぎを出さない自信はなかった。

「そなたはどこの女官ですか？」

「杏花舎です」

外套を着ているので、医官とは分からぬのだろう。

「……医官？」

「は、はい」

「貞大士の遣いですか？」

貞医局長のことである。立場がちがい過ぎて、ほとんど話したこともない。いずれにしろ、この場ではまったくかかわりのない人だ。

「いいえ。今日は仕事ではなく私的に、こちらの山茶花の生垣を観に参りました」

「さようでありましたか。しかしまだ観賞には早いでしょう」

「常緑の生垣だけでも、見事なものでございました」

「花が咲いたときは美しいが、山茶花ははらはらと花弁が散る。そして朽ちた姿を晒《さら》す。これだけ大きな木だとその量も尋常ではない故、掃除の者達は毎年苦労をしているようです。美しく咲いた花もこうなると醜悪でかないません」

独り言のように語ったあと、青轡はふんと鼻で笑った。

「天花とは、まことよく言ったもの」

戯言《ざれごと》のように告げられた一言が、胸にずきりと突き刺さった。

そう言われてみれば確かに赤い山茶花は、痘瘡を思わせる。山茶花は開花した花弁を一枚一枚散らしてゆく。椿のように花が丸ごと落花しない。散らした花弁は土にまみれ、人や犬に無残に踏まれてやがて朽ち、美しさは見る影もなくなってしまう。

「ところでそなた、名はなんと」

「はい？」

唐突な問いに、とっさに反応に迷う。訊《き》かれてみれば、確かに名乗っていない。

「私が誰かはとうぜん分かるであろう。であれば、安心して名乗りなさい」

「宮廷医局所属、李少士でございます」

「李少士か。そなたはだいぶん若いようですが、医官であれば痘苗《とうびょう》の件は知っていますか？」

こちらもまた唐突な問いだった。しかし問いが大まかすぎて、どう答えてよいのか分からない。

「痘苗そのものであれば、もちろん存じておりますが」

「枯花教が、医官局の運搬車を襲ったことは知っていますか？」

「……ご存じなのですか？」

山茶花殿に閉じこもって、人との接触を極力避けているという彼女がなぜ。いまだってこうして塀の外に出ている。聞いていた話とだいぶちがう。

生垣の穴から見える青巒の背後には、漆喰《しっくい》で固められた白い壁が見える。山茶花殿の塀だろう。生垣と塀が成す通路のような空間を、青巒は歩いていたのだ。これだけの生垣があれば、塀の中と同じに外界とは遮断されているようなものなのだろうが。

「なるほど、そなたのような若い者でも知っているほどの騒ぎなのですね」

「もちろんみな存じております。けれど基本として痘苗は医官局と太医学校の共同研究ですので、宮廷医局では詳細はあまり……私は痘苗に使う痂皮《かひ》採取の選抜隊に任命されておりますので、個人的には注目しておりますが」

「選抜隊？」

「はい。先日も北村のほうに参りました」

その返答に青巒はしばし黙していたが、やがて「李少士」とおもむろに呼び掛ける。

「はい？」

「私は、痘苗を完成させたいのです」

青巒が発した予想外の言葉に、翠珠は虚をつかれたようになる。

「痘苗が広く行きわたれば、私のような者が二度とでなくなるでしょう」

どう答えてよいのか分からず、翠珠は無言でいるしかできない。私のような者、という言葉に同意することがはたして正しいのか分からない。自虐であれば、場合によっては青巒を傷つけることになりかねない。けれどそんなことはないと否定するには、痘瘡が青巒に残した傷痕《きずあと》はあまりにも無残過ぎた。

翠珠は艶《あで》やかに咲き誇る生垣の山茶花《さざんか》の花に目をむける。かたや地面では、はらはらと散った花弁が土にまみれて醜く朽ちている。

「色々と困難と恐怖もありましょう。けれど選抜隊に任命されたのであれば、勇気を持って任務を遂行してください」

力強く青巒は言うが、翠珠はすでに痘苗を接種しているから恐怖はなかった。

しかしここでとやかく事情を説明すると、青巒の意気を削《そ》ぐような気がしたので黙っていた。それでなくとも医学的な知識を素人に完璧《かんぺき》に説明することは困難を極める。もちろん患者に治療に必要な知識を得てもらうためであればその労は惜しまないが、ここはそういう場面ではない。だから翠珠は首を垂《こうべ》れてただ静かに告げた。

「長公主さまのご期待に添えますよう、医師のはしくれとして精進いたしますことを誓います」

二日後、呂貴妃から呼び出しを受けた。

製薬室で薬研《やげん》を動かしていると、東六殿から戻ってきた錠少士が入ってきてその旨を告げた。

「なんだろうね。この間、ご機嫌うかがいに行ったばかりでしょう」

錠少士は首を傾げているが、翠珠に思い当たる節はあった。

もちろん青巒長公主の件である。

彼女と会ったことを、翠珠は誰にも言わなかった。会うつもりで山茶花殿まで足を運んだわけではない。そもそも彼女が門外に出てくるなど想像もしていなかった。まして蓋頭もかぶらずにいるだなんて。

芍薬殿を訪ねると、そこでは紫霞も待っていた。診察のために少し前に訪ねてきたところだという。呂貴妃から翠珠を呼んだと聞かされて、知っていたら連れてきたのにと答えたそうだ。

「もう少ししたら高峻《こうしゅん》が来るはずだから、晏中士は茶の相手をしてやってくれ」

心持ちにやにやしながらの呂貴妃の言葉に、紫霞はちょっと戸惑った顔をする。家名に泥を塗り、仲の良い甥《おい》を裏切った女と罵倒《ばとう》した軋轢《あつれき》はもはや過去のこととなっていた。

呂貴妃の甥、呂高峻は、大理寺《だいりじ》（裁判所のような所）の少卿《しょうきょう》（次官）という高官で、かつては紫霞の夫だった。色々あって離縁したのだが、紫霞の病が要因で不仲が理由ではなかった。

「呂少卿はお忙しいのでは……」

などと照れ気味に答える紫霞の表情も、実は満更でもない。

嫁したからには夫に尽くし、舅姑《きゅうこ》に仕え、子を産み育てるのが婦人の道。まして呂家という名家の嫁が女医のような職業を持つことを世間はまだ許さない。けれど女子医官を女官の一種と考えればその反発は和らぐし、そもそも恋人であればなんの問題もない。

指導医の珍しい反応に内心で笑いを堪《こら》えつつ、二人の関係が良い方向にむかってくれればと心から翠珠が思ったとき、女官が高峻の訪問を伝えにきた。

「鄭御史もご一緒ですが」

「かまわぬ、二人とも通せ」

さらりと呂貴妃は受け入れた。高峻は大理寺に異動となる前は御史台にいたので、夕宵の元上司で二人は知己である。しかも夕宵は呂貴妃の長女、安倫《あんりん》公主を助けたことがあるので呂貴妃にも気に入られている。

いったん下がった女官に連れられて、高峻が入ってきた。高官用の蘇芳色《すおういろ》の袍《ほう》に身を包んだ、長身痩軀《そうく》の気品に満ちた美形である。紫霞と並んだところは絵のように美しい夫婦だっただろう。彼の少し後ろから夕宵がついてきている。夕宵は翠珠の顔を見ると、親し気に微笑みかけた。それが自分でも不思議なほど胸が弾んだ。

(初対面のときはあんなに怖かったのに……)

取り調べの現場に居合わせたのだから、怖くて厳《いか》めしくてとうぜんだったのだが。

しかしこうやって顔をあわせ、言葉を重ねてゆくにつれてその人柄を好ましく思う。良い意味での良家の子息らしい、正廉でひたむきな人柄には好感が増すばかりだ。

呂貴妃への拝礼を終えたあと、翠珠も含めた三人にあらためて椅子が準備される。

それぞれが席に落ちついたところで、呂貴妃はようやく翠珠に話を切り出した。案の定というか、要件は青巒についてであった。

「なぜ、そんなところに行ったの？」

不思議そうに紫霞が問うた。生垣を見るだけなら問題ないと彼女は言っていたから、責めるような口調ではない。ただあの話のあとにすぐむかったとなれば、下品な好奇心を疑われてもしかたがない。そこはなんとしてでも否定したいが、かといって観念的な理由を理解してもらえるかどうか怪しい。

「実は――」

翠珠は自身の胸の内を語った。

北村にむかう途中で女子医官から聞いた、痘瘡《とうそう》に容貌《ようぼう》を崩された娘の話が胸に刻まれている。見たことがないから苦しんでいる人がいないということではない。

「病によって人生を違《たが》えられた人がいる。そのことを医師として忘れてはいけないと思ったのです」

そのために山茶花殿の存在を認識する。それが目的だった。それ以上のことは考えていなかった。

「けれど、まさか青巒長公主さまとお会いすることになるとは露程も思わずに、驚かせてしまったのではと――」

「案ずるな。長公主さまは、そなたを気に入ったそうだ」

穏やかな呂貴妃の物言いに、叱責《しっせき》も覚悟していたので正直ほっとした。あのやりとりで青巒の機嫌を損ねたとは思わなかったが、いかんせん高貴な方の腹の内は分からない。ましてや翠珠は青巒の素顔を目にしてしまっている。青巒からすれば最大の屈辱であったかもしれない。

「誠実でよき医師となりそうな娘だと褒めておいでだった」

娘を自慢するような呂貴妃の物言いに、紫霞だけでなく夕宵と高峻も微笑みを浮かべている。青巒の好意的な言葉も彼らの反応も嬉《うれ》しかったが、そこまで褒められるほどの会話をした覚えがない。むしろ翠珠のほうが、青巒の志に敬服したほうだった。

「ご自分のような者を二度と出したくないゆえ、ぜひとも痘苗《とうびょう》を完成させたいと仰せでした。ですから、こたびの枯花教の妨害をとても愁いておられました」

翠珠の証言に、呂貴妃は痛まし気な顔をする。彼女は深く嘆息し「とてもお美しい方だったと聞く」と独りごちた。嫌でも翠珠の脳裡《のうり》には、あの衝撃的な素顔がよみがえる。

「呂貴妃さまは、長公主さまにお会いしたことは？」

「一応な。しかし私が入宮したときは、すでに患われたあとだった。それゆえ垂簾《すいれん》越しに年に一、二度お会いするだけだった。それも近年では頑《かたく》なに拒絶なされるので、近頃は文のやりとりがあるぐらいだ」

そこで呂貴妃は一度言葉を切り、ふたたび嘆息した。

「先帝は長公主さまを不憫《ふびん》に思《おぼ》し召しになり、十分な領土を賦与したうえで、当時は皇太子だった陛下にも、彼女を敬い、常に気にかけるように命じられた。陛下はその命を遵守され、代々の後宮の第一位妃に長公主さまの世話を命じられている。私もその命に従って自分なりに努力をしたつもりだったが、長公主さまの御心を癒《いや》すことはできなかった」

責任感の強い呂貴妃らしい言葉だった。

「その方がとつぜん連絡を取ってきて、そなたのことをお尋ねになられたので正直驚いている」

「私は不敬に当たったのではと、ひそかに案じておりました」

「そなたは生垣の前にいただけで落ち度はない。しかもその理由も、医師としても人としても徳のあるものではないか。長公主さまにもその真意が伝わったのだろう」

ならば良かったとは思うが、山茶花殿を訪ねた理由を青巒には話していない。どうにも釈然としないでいる翠珠に呂貴妃が言う。

「次の長公主さまへの診候には、そなたが医局長に代わって行ってやってくれぬか？」

「はい？」

翠珠は耳を疑った。この場合の医局長は、もちろん女子医局長の貞大士である。後宮に住む婦人は、よほどのことがないかぎり女医が診るのが習わしだ。なにしろこの国の女医制度はそのために誕生したようなものなのだから。

しかし医局長が担当するような貴人を、自分のごとき経験の浅い医官に担当させるなどあり得ない話だ。いくらなんでも荷が重すぎる。

「わ、私が医局長の代わりをですか？」

「医局長も、ほとんど診察らしきものはできていないらしいのよ」

それまで黙っていた紫霞が口を挟む。

「河嬪さまと同じよ。先代の医局長の代から、よほど体調が悪くないかぎり素気無く追い返されるだけらしいの」

夏に後宮を去った悲運の寵姫《ちょうき》の件は、担当医の紫霞にとっていまも苦い記憶なのだ。身籠《みごも》ることを避けるため、河嬪は気鬱《きうつ》を理由に紫霞の診察を拒否しつづけた。

「長公主さまの反応からしても、そなたであればご自身の容態を話すぐらいはしてくれるやもしれぬ。それがなにかのきっかけになれば、なおよし。ともかく先帝陛下のご遺志を思えば、長公主さまをこのままにして置くわけにはいかぬ」

断固として呂貴妃は言うが、翠珠にはいまひとつ自信がない。加えてそれを青巒が望んでいるかも分からない。

呂貴妃の真面目な性格は知っているし、義務感だけではなく彼女が青巒の境遇を心から痛ましく思っていることも伝わってくる。けれど青巒の気持ちを想像すれば、あの後遺症を抱えたまま後宮の華やかな女性達とかかわることは、さらに彼女の心を荒《すさ》ませることになりはしないかという懸念もある。

そのいっぽうで青巒が塀の外に出ていたことや、久しぶりに呂貴妃に連絡を入れたことを鑑《かんが》みれば、心の片隅に世間とかかわりたいという気持ちがあるのではとも思ってしまう。だとしたら、自分がそのきっかけになれるのであれば僥倖《ぎょうこう》である。

好きで孤独を選んでいる者を無理矢理引きずりだすつもりはない。けれど青巒が誰かとかかわりを持つことを望み、なにかのきっかけを得たいと思っているのならば。

「私にできますかどうかは分かりませんが、精一杯尽力は致します。しかしその前に、呂貴妃さまから長公主さまのご意向をお尋ねいただけますでしょうか？　いきなり私が訪ねていって不信感など抱かれては、ますます頑に拒絶される結果になりかねません」

「それはもちろん」

呂貴妃は承諾した。そのうえで彼女は言った。

「仮に長公主さまが拒否されても、それはそなたのせいではないから、そこについてはなにも気にせぬように」

「ありがとうございます。受け入れていただければ、誠意を込めてお仕えさせていただきます」

「長公主さまも、枯花教の存在をご存じなのだな」

ぽつりと夕宵が言った。青巒が枯花教の件を口にしたと話したのは少し前だったが、そのときはなにも言わなかった。翠珠と呂貴妃のやりとりが終わるまで訊《き》くことを遠慮していたのだろう。

「はい。私も驚きました」

人との交流を断っているはずの青巒が知っていた。思ったよりも彼女は情報を得る手段を持っているのか？　それとも枯花教がそれ以上に話題になっているのか？

「実は枯花教の息のかかった者達が、宮中に入り込んでいるという情報があるのです」

夕宵の証言に、翠珠はもちろん呂貴妃と紫霞も目を円くする。さすがに高峻は知っていたらしく、特に驚いた様子は見せなかった。

「この件を内廷を差配なさる呂貴妃さまにもお伝えしたくて、本日は呂少卿に同行させてもらいました。しかし長年籠っておられる長公主さままでもが枯花教の存在を存じておられたとなると、あるいは内廷にはすでに信者がいるのかもしれません」

呂貴妃は眉根《まゆね》を寄せた。

「その者達を摘発はできぬのか？」

「残念ですが、枯花教を支持すること自体は罰することができません」

高峻が言った。信仰対象を明確にしていない枯花教は、他の新興宗教とはちがい皇帝の存在を否定しない。それゆえ今回の襲撃のような犯罪行為ならば捕えられるが、信者だからという理由だけで処分はできない。

夕宵は高峻の説明に相槌《あいづち》をうち、あらためて呂貴妃に訴える。

「内廷の方々が邪《よこしま》な考えに影響されぬよう、どうぞ御目配りください」

「わかった。次の『百花《ひやっか》の円居《まどい》』のさい、妃嬪《ひひん》達に厳しく戒めておこう」

妃嬪達への伝達や風紀の取り締まりを目的に定期的に開かれる集会を『百花の円居』と呼ぶ。本来は牡丹宮で行うものだが、いまは皇后が不在なので呂貴妃の芍薬殿が会場となっている。

「感謝いたします。実はもうひとつお願いが──」

「なんだ、遠慮なく申してみよ」

呂貴妃の言葉に、一拍置いて夕宵は言った。

「私にも、山茶花殿の訪問を許可いただけませんでしょうか」

紫苑殿を訪ねたとき、礼侍妾《じしょう》は寝室にいた。

今朝から月のものがはじまったとかで、臥《ふ》せっていたのだという。

案内役の秋児が天蓋《てんがい》をかきわけ、それにつづいて翠珠も中に入る。礼侍妾は背もたれとの間に枕を挟んで上半身を起こしていた。見た感じでは比較的元気そうである。

「起き上がって、大丈夫なのですか？」

「起きていたほうが楽なのよ」

翠珠の問いに、礼侍妾は右胸を押さえた。

「胸がつかえると言ったでしょう。いまもそんな感じなのだけど、横になるとかえって息苦しい感じがして」

「腹痛などはいかがですか？」

「少しあるけど、いつもこれぐらいね。薬を飲むほどじゃないわ」

まるで牽制《けんせい》するように礼侍妾は言う。よほど薬が苦手なのかとも思うが、あまりにも頑だと子供でもないのにという違和感はある。

鍼《はり》や灸《きゅう》もだが、大人なのに過敏なほどに医療の施術を恐れる人が一定数いる。医療院にいたときも何人か見たことがある。そういう人は本人が来ることはまずないから、見兼ねた家族や知人に引きずられてきた場合が多い。だから施術や服薬の提案をのらりくらりかわされ、連れてきた者とひと悶着《もんちゃく》を起こすのである。

痛経や不妊にかんして本人がそこまで深刻にとらえていないのかとも思うが、前者はともかく後者は考えにくい。もしそうなら月のものを見るたびに失望するはずがない。

（ひょっとして強がっている？）

不妊など気にしていないと装っているのなら、この態度も分からぬでもない。なんの得にもならぬとは思うが、周りからあまりに期待を寄せられると反発心からそういう心境に至ることもある。年若く、まだ子供っぽさを残す礼侍妾ならありうる気もする。

「御脈をよろしいですか？」

翠珠の依頼に、礼侍妾は素直に腕を出す。脈は沈弦。瘀血《おけつ》による痛経の症状がある者によく見られる脈である。舌の色調といい、いまの症状には矛盾しない。

瘀血と気の巡りを改善するための薬を飲んで欲しいが、本人が嫌がるようではどうにもならない。懐妊の問題を別にしても、月経の不調を放置しておいてよいことなどひとつもないというのに。

さてどうしたものかと思い悩んでいるとき、寝室への光を防ぐための厚手の緞子《どんす》の内暖簾《のれん》のむこうで宮女が孫嬪の訪れを告げた。

礼侍妾の白い顔に、にわかに緊張が走る。ほどなくして孔雀藍色《くじやくらんいろ》の大袖衫《おおそでさん》をまとった孫嬪が、女官を二人連れて入ってきた。妃《きさき》の身分によって、仕える侍女や宦官《かんがん》の数は変わる。呂貴妃などは翠珠も把握できていないほど多くの者が仕えているが、礼侍妾につく女官は秋児一人で、他は宮女と地位の低い宦官が一人ずつである。

寝台から降りようとした礼侍妾を、孫嬪は「そのままで」と制した。それゆえ礼侍妾はその場にとどまる。

「『百花の円居』へのご参加、おつかれさまでございました」

今日がその日だったことを翠珠ははじめて知った。この集会は妃嬪以上に課せられるものなので、礼侍妾に出席義務はない。

孫嬪は、宮女が寝台横に準備した花梨《かりん》の椅子に腰掛けて礼侍妾の顔をのぞきこむ。

「月のさわりで臥していると聞きました。顔色は良いようですね」

「申しわけありません。また身籠ることができませんでした」

頭を下げた礼侍妾は、その動きで眉根をよせた。はずみで痛みが生じたような反応に翠珠ははっとするが、礼侍妾はすぐに元の表情に戻る。

「謝ることはありません。私とて身籠ることはできなかったのだから」

孫嬪の反応に困る自虐に、翠珠と秋児は気まずげに顔を見合わせる。礼侍妾はゆっくりとかぶりをふったが、その所作が意味するところが翠珠には分からなかった。

「しかしかように月のものがきついようでは難儀でありましょう。李少士、なにか手段はないのですか？」

「いえ、あの……」

礼侍妾が服薬を拒否していると言ってよいものかどうか迷うが、かといってここで自分がなにも働きかけていないとされれば無能の烙印《らくいん》を押されてしまう。言葉に迷う中、礼侍妾が遠慮がちに言う。

「李少士は色々と提案してくれるのです。ですが私がなかなか思いきれなくて」

「既存のお薬が性にあわぬようでございますので、できるだけ御口にあうものを検討したいと考えております」

素直に自分の瑕疵《かし》を認める礼侍妾に、翠珠は助太刀のように言う。

「なにを子供のようなことを」

孫嬪は言った。

「良薬は口に苦しと言うではありませんか。御子を授かるためには、少々のことは我慢せねばなりませんよ」

娘を諭すような物言いに、やはり孫嬪は優しいのだとあらためて翠珠は思った。これが呂貴妃だったら、まちがいなく厳しく叱責《しっせき》している。

「ですが……」

礼侍妾は言った。

「叔母《おば》や従姉《いとこ》も月のものはこんな感じでしたから、我が家の体質だと思うのです。みな無事に身籠《みごも》っておりますので、あまり不自然なことはしたくないのです」

何気ないように礼侍妾が口にした、不自然なことという言葉に翠珠は少しぴりついた。基本的に間違っている。不自然な状態にある身体を正常な状態に近づけることが医術なのに、それを不自然と言うなど先人達が築きあげてきた業績に対して侮辱も甚だしい。

腹立ちをおさえつつ、翠珠は礼侍妾と孫嬪のやりとりを見守る。

孫嬪は穏やかな性質だから、呂貴妃のようにびしっと言ってはくれない。けれどやんわりとした口ぶりから告げられたひと言は核心をついていた。

「なにを呑気《のんき》なことを。帝《みかど》の御寵愛《ちょうあい》がいつまでもつづくものと勘違いしてはなりませんよ」

孫嬪の言葉に礼侍妾は項垂《うなだ》れた。反論らしきものはしない。

よほどの寵妃《ちょうひ》でもないかぎり、心身共に皇帝の寵愛を受けつづけることは不可能だ。後宮には次から次に優れた婦人達が入ってくる。皇帝が見飽きた花から真新しい花に目移りすることは自然な流れだろう。寵愛を失った妃嬪侍妾はどうしても軽んじられるが、子を産んでいれば立場は保証される。男子であれば確かによいが、女子でもとにかく母となればよいのだ。その典型が呂貴妃で、皇帝との間に男女二人の子供をもうけた彼女は妃《きさき》の位を与えられ、空閨《くうけい》をかこつ身ながらも、その立場は妃嬪達はもちろん皇帝にも尊重されている。

対して子を得られなかった孫嬪は位を留め置かれ、若い嬪や侍妾達からもなにかと軽んじられていると聞く。そこに同情した呂貴妃が、彼女に西六殿の差配を任せたのである。

「御寵愛をいただけるうちに御子を得なければ、私のように不遇な立場となる。それでもよいのですか？」

「……私は孫嬪さまを尊敬いたしております」

消え入るような声で礼侍妾は答えた。ここで「それは嫌です」とは言えない。孫嬪に他意はなさそうだが、同意すれば彼女の境遇を哀れんでいることに同意してしまう。それぐらいのことは孫嬪も気づいたのだろう。

「ああ、そういうつもりではないのよ」

いくらか口調を柔らかくして言う。

「あなたが良い娘であることは私も承知しているわ。だからこそ子を得て、幸せになって欲しいのよ。そうなれば私の実家も全面的にあなたを支援するわ」

以前孫嬪が口にした、礼侍妾の懐妊が紫苑殿の希望というのは、そういうことだ。おそらくだが礼侍妾は孫嬪と親戚《しんせき》関係にあるのだろう。さして権門でもない親類の家の娘を入宮させ全面的に支援する代わり、子供が産まれたさいの恩恵を共有する。後宮ではよく聞く関係だ。

孫嬪の説得に、礼侍妾の表情は晴れない。嫌とは言えないだろうが、絶対に納得していない。

残念ながら嫌がる者に無理矢理治療を施しても良い効果は得られない。毒なら無理矢理飲ませても効果はある。しかし薬は患者の意欲がけっこうな要素を占める。もちろん飲まないよりは効果があるが、本人がこうも医術に対して拒否を示していては――。

（!?）

脳裡《のうり》にある考えが思い浮かび、翠珠は項垂れた礼侍妾に目をむける。

もしや礼侍妾《じしょう》は、枯花教の信者なのでは？

「あの……」

「李少士」

話しかけようとしたところを孫嬪がさえぎる。翠珠は息を呑《の》んだ。孫嬪の呼びかけが、これまで聞いたこともないほどに厳かだったからだ。

「今日からでも、礼侍妾に薬を処方するように」

これ以上、余計な口を挟むなという言外の圧を感じた。

ああ、そうだ。孫嬪は『百花の円居』から戻ってきたところだった。枯花教の話を聞いた彼女は、翠珠と同じ懸念を抱いたのだろう。帝の侍妾がそのような怪しげな信仰を持つなど許容できるはずがない。人の耳に入る前になんとしても止めさせねばならない。

「承知いたしました。朝の服薬時間は過ぎておりますので、夕刻にお持ちいたします」

恐縮しながら答えつつ、翠珠は礼侍妾をちらりと見る。彼女は項垂れたままだ。ここまできてまだ薬を飲むとは言っていない。孫嬪のこめかみが少しいらついたようにうごめいたが、声を荒らげるような真似はしなかった。

「もしなにか問題が起きたのなら、すぐに私に報告しなさい」

「はい」

翠珠が深々と頭を下げると、孫嬪は部屋を出て行った。礼侍妾は顔も上げずぎゅっと手を握りしめている。かける言葉もない翠珠は、傍らに付き添う秋児にむかい「のちほどおうかがいいたします」と告げて部屋を出た。

「礼侍妾さまが枯花教の信者？」

「――かもしれない、という想像です」

露骨に眉《まゆ》をひそめた紫霞に、あわてて翠珠は弁明した。

孫嬪に叱責されてもなお折れない、あの頑《かたくな》な服薬拒否をただの薬嫌いとするのはどう考えても不自然だ。

紫苑殿から戻り、詰所で礼侍妾への処方を思案しているところに紫霞が戻ってきた。新しい処方はかならず指導医に目を通してもらうことが決まりである。その流れで翠珠が先程の経緯を紫霞に話したのだ。

紫霞はひとつ息をついた。

「だとしたら枯花教の名を出して追及するより、孫嬪さまのような形で戒めるのが無難でしょうね。礼侍妾さまがかしこい方なら空気を読むと思うわ」

かしこい方というところに、申し訳ないが翠珠は唸《うな》った。けして愚かではない。しかしだいぶ幼稚である。はたして孫嬪の意図を察したかどうか、注意されたから神妙になっただけで事の深刻さは理解できていないようにも思う。そもそもかしこい方なら、枯花教のような怪しいものに傾倒したりしない。もっともこれは医師という立場からの偏見かもしれないが。

「それで止めないのなら、もう私達にできることはないわ。外国では信仰を守るために殉死する話は珍しくないからね」

ずいぶんと過激なようだが、西洋や中東の古い時代にはそういう話は珍しくなかったと聞く。

「でも枯花教の信者なら、医者である私に愛想よくしてくださるのは不自然ですよね」

ふと思いついて口にしたのだが、なぜさきほど気づかなかったのか不思議である。礼侍妾のことは言えない。自分もあまりかしこくはないのかもしれない。

「礼侍妾さまって、そういう方なの？」

「訊《き》いてもいない山茶花殿の話をしてくださるぐらいの方ですから」

「なるほどね」

紫霞は納得した。礼侍妾が部屋を抜け出して東区をうろついていたとは、さすがに言えない。ともかくあのときの対応も含め礼侍妾の態度は、医師だからといって翠珠を嫌っているものとは思えなかった。

「だったら、たんに治りたいと思っていないのではないの？」

思いがけない紫霞の指摘に翠珠はぎくりとする。

ひそかに危ぶんではいた。礼侍妾の自分の症状に対する楽天的な言動を。けれど十六歳という年齢であれば、それはしかたがないと受け止めていた。

「あまり深刻にとらえておいでではないな、という印象はありました」

「そういうことじゃないの」

ぴしゃりと紫霞に言われ、翠珠は身を硬くした。あらためて紫霞を見ると、彼女はむすっとした顔で言った。

「河嬪さまのような場合もあるでしょう」

そう告げた紫霞の表情はひどく苦々しいものだった。

流産を切っ掛けに、妊娠に恐れを抱くようになった河嬪は、紫霞の治療を拒んだ。流産後の身体を養うために紫霞が処方した血と気を補う薬を飲むいっぽうで、血の巡りをよくする通経薬をひそかに服用していた。すべては妊娠を避けるためだ。河嬪がそこまで徹底したのは公になっていること以上の痛ましい事情があったからなのだが、それは翠珠と夕宵しか知らないことだった。

「……礼侍妾さまが、妊娠をしたくないと思われている？」

「そういう可能性もあるということよ。私は礼侍妾にお会いしたことがないからお人柄は分からないけど、すべての女が子を望んでいるわけではないでしょう。帝の御子を産み参らせることは妃嬪《ひひん》侍妾の義務だけど、それが必ずしも望みではない方だっているわ」

なるほど。そうであればあの頑な服薬拒否も納得ができる。医者や薬が嫌いというわけではないから、治療は拒否しても翠珠には好意的だった。

ならばなぜ懐妊を拒むのか？　などと疑問を持つほど翠珠も経験不足ではない。河嬪のような事情は極例としても、女が子を欲しない理由などいくらでもある。義務だからとうぜん望んでいるものと考えられているが、出産によって大きく健康を損ない、最悪として失命に至る婦人が世の中にどれだけいると思っているのだ。河嬪や栄嬪の懐妊による苦労を目の当たりにして、人より幼稚な礼侍妾が不安を抱いても不思議ではない。

（やっぱり、そうなのかな？）

考えがまとまりかけたところで、まてよと思う。

だとしたら、月のものがはじまったことで失望するはずがない。むしろ安堵《あんど》するはずではないか。

けれど礼侍妾は、月のものがはじまるたびに失望すると言っていた。その言葉自体は懐妊を望んでいると周りに思わせるための虚言だったとしても、実際に彼女は胸のつかえと息苦しさを訴えていた。あれは懐妊ができなかったことへの失望から生じた気鬱《きうつ》の症状だと思っていた。

（……そうじゃない？）

神経を集中させる翠珠を、紫霞は無言で見守っていた。

これまでの礼侍妾の様子を懸命に思い浮かべる。彼女はなにを訴えていた。その訴えはどんなときに生じていた。その苦痛に対して、どんなふうに振舞っていた。

「――礼侍妾さまが症状を訴えるのは、月のもののときだけなのです」

絞り出すように翠珠は言った。このときにかぎって言えば紫霞に意見を求めたわけではない。自分の考えを整理するために言葉にしたのだ。しかし紫霞はそれに真剣に受け答えする。

「では、月のものが原因なのでしょうね」

「腹痛は瘀血《おけつ》、胸のつかえは気鬱が原因だろうと考えていました。実際に脈も舌もそれを示す兆候がありました」

「そこだけ聞けば、間違ってはいないと思うわ」

「ですが、そういうときに身体を起こしていたほうが楽だというのは、一般的なのでしょうか？」

今朝訪ねたとき、礼侍妾は上半身を起こしていた。胸のつかえや胸痛を訴える者は、程度にもよるが身体を屈《かが》めて横たわり、患部を押さえている者が多い印象だ。

「本当に呼吸が苦しい人は、そうするわ。喘証《ぜんしょう》（喘息《ぜんそく》、呼吸困難を主症状とする状態）の患者は厳しいときはむしろ横になれない。でもそれは気鬱の胸の痛みではない」

翠珠は口許《くちもと》を押さえた。

そうだ。単純にそっちの方面でも疑うべきだった。あまりにも迂闊《うかつ》だったと臍《ほぞ》を噬《か》む。

それでも今日気づくことができたのは不幸中の幸いだ。なぜなら月のものはひと月の決まった期間にしかない。今日を逃していたら、また二十日以上診ることができないかもしれない。

そう、ただの腹痛や胸痛ではない。

礼侍妾《じしょう》の症状は、すべてが月のものがきっかけだとしたら――。

「いまから行ってきます」

立ち上がったあと、思いついたように翠珠は言う。

「晏中士。お手数ですが、あとで確定診断をお願いできませんか」

その依頼に紫霞は匂うような花顔に笑みを浮かべ「もちろんよ」とうなずいた。


二度目の訪室をしたとき、礼侍妾の様子は朝よりも少し落ちついて見えた。枕にもたれかかり、天井にむかって息を吐いて呼吸を整えている。

入ってきた翠珠を見ると「薬は？」と尋ねた。翠珠は手ぶらだった。この状況で薬を煎《せん》じる時間などあるはずがない。

「お持ちしたら、飲んでいただけますか？」

翠珠の問いに礼侍妾は気まずげに視線をそらした。その反応ですぐに察した。彼女は孫嬪の叱責《しっせき》にやはり納得していない。この様子では翠珠が薬を渡しても、飲まずに捨ててしまっていたかもしれない。

子供が欲しくないのなら、それは彼女の問題だ。そんなことが後宮の侍妾として許されるか否かはおいておいて、その考えに翠珠がとやかく言う必要はない。それを説得、ないしは叱責するのは孫嬪か呂貴妃の仕事である。

ただ好意を持つ相手として、それを貫けばどのような危険や疑いが生じるのかは伝えておきたいと思ったし、なにより医師として診断をつける必要がある。その診断の結果、治療に取り組まなければどのような結果となるのかもだ。

「秋児さん。少しだけ侍妾さまと二人で話をさせていただけませんか」

翠珠の依頼に秋児は驚いた顔をする。女官としてはまず理由を聞くところだろうが、それより先に礼侍妾が退出を命じた。彼女はなにかを悟ったような顔をしていた。

秋児が出て行ったあと、翠珠はあらためて尋ねる。

「侍妾さまは、枯花教をご存じですか？」

「こか、きょう？」

たどたどしくその名称を語る礼侍妾の表情に、とぼけた様子はなかった。やはり礼侍妾は枯花教とは関係がない。だったらなおのこと教えておかなければならない。

「近頃、世間を騒がしているおかしな団体です。医術は不自然で毒だと言って、世から排除しようと動いてます。少し前には痘苗《とうびょう》を運ぶ医官局の車を襲撃しました。その彼等の手の者が、内廷に入り込んでいるという情報がもたらされたのです。それゆえ今朝の『百花の円居』でも影響を受けぬようとの注意勧告がなされました」

礼侍妾の表情がみるみる青ざめる。彼女は幼いが愚かではない。これで今朝の孫嬪の意味深な叱責がなにを意味していたのか理解したのだろう。

「やはりご存じなかったのですね」

翠珠の問いに、礼侍妾はうなずいた。

「では侍妾様は、枯花教の信者ではないのですね」

「そんな名前、いまはじめて聞いたわ」

「ですが孫嬪様は、お疑いです。今後も薬を飲みたくないと仰せであれば、その理由をきちんと説明なさらなければ、話《こわば》は呂貴妃様のところにまで及ぶでしょう」

呂貴妃の名に礼侍妾は表情を強張らせる。彼女のような幼い者には、呂貴妃は震えがくるほどに怖い相手だろう。

「……薬は飲むわ」

「よろしゅうございました。されど薬に慣れぬ礼侍妾様にはご不安が残るでしょう。日に三度の薬は私がお持ちして、服用後の状態まで確認させていただきますので、どうぞご安心ください」

本当のことを言えば、そんな面倒なことは普通はしない。煎じ薬はごく弱い火で時間をかけて抽出した一日分を、二〜三回に分けて服用する。医師はその日に作った薬を届けるだけで、あとは侍女等に任せることが一般的だ。

つまりはったりである。

あんのじょう礼侍妾は目に見えてうろたえた。やはり受け取っておいて飲まずにやりすごすつもりでいたらしい。冗談ではない。そんなことをされては翠珠に無能の烙印《らくいん》が押されてしまうではないか。

彼女はなにか言おうとして、結局は言葉を探しきれずに泣きそうな顔になる。さほど年は違わないはずなのに、幼い子供を見るような気持ちになって痛ましいと感じた。

「……身籠《みごも》ることが、怖いのですか？」

翠珠の問いに礼侍妾は息を呑《の》む。翠珠はゆっくりとかぶりを振り、穏やかな口調で言った。

「御心配なく。そうであってもけして他言は致しません」

礼侍妾は不意をつかれたように、目を瞬《しばた》かせた。くっきりとした二重の大きな目にじんわりと涙の膜が浮かぶ。彼女がぎゅっと瞼《まぶた》を閉ざすと、ぽたりと雫《しずく》が落ちる。

「ずるいことだって、分かっているの」

礼侍妾はすすりあげた。

「でも流産のあとの河嬪さまや、栄嬪さまが体調を崩されたこととか、それに亡くなった定《てい》侍妾のこともあって色々と怖くて……」

定侍妾とは誰だか知らぬが、翠珠が異動する前に若い侍妾が産褥熱《さんじょくねつ》で亡くなったと聞いたから、おそらくその人のことだろう。彼女が産んだ皇子は、侍妾の世話役であった薔薇《そうび》殿の順嬪《じゅんひん》が育てている。これは礼侍妾と孫嬪の関係と同じである。

順嬪はこの夏に栄嬪が転倒したさい、母子ともに無事との話を聞いて舌打ちをしたと噂の人だ。もちろん栄嬪の性悪が要因だが、順嬪という人もあまり褒められた性格ではないのだろう。それゆえなのか侍妾の死には、皇子を自分のものにしたかった彼女がからんでいるのではという噂がまことしやかにささやかれているらしい。その方の死因はまちがいなく産褥熱と聞いているから、順嬪からすれば災難ではある。

いずれにしろ後宮に不慣れな若い礼侍妾が、妊娠を怖がる切っ掛けにはなっただろう。孫嬪は落ちついた婦人だが、礼侍妾の懐妊にかんしてはそうとうの焦りがみられる。傍《はた》から見ていても圧を感じた。当事者である礼侍妾が脅威を感じても不思議ではない。

「お産は怖いものです」

翠珠は言った。厳しい言葉が待っていると思っていたのか、礼侍妾は意外な顔をする。

「不安に思うことはとうぜんです。もしも礼侍妾さまがどうしても御子を望まぬと仰せでしたら、御寵愛《ちょうあい》を受けぬようにするしかございません。たとえば化粧をいっさいせずに着飾りもせず、不興をかわぬ程度に帝《みかど》の心が離れるように作為すれば、それは可能かと思います。けれどそうなれば孫嬪さまの怒りを買い、いまは寵姫《ちょうき》ということで丁寧に接している女官や宦官《かんがん》達も、あなた様を粗略に扱うようになるでしょう」

「……」

「できますか？」

礼侍妾はうつむいた。どうやら、そこまでの覚悟はなかったようだ。

ただ怖いという感情にのみとらわれ、目先の事だけで治療を避けていた。けれど翠珠の言葉で現実を思い知らされた。いや、一年も後宮にいるのだから知らないはずはない。内廷に仕えて半年の翠珠でさえ想像がつくことなのだ。言い方は悪いが現実から目を背けていたというべきだろう。

それが幼さ故というのなら、説明はしなければならない。そのうえで彼女はどう判断をするのか——目を真っ赤にした礼侍妾に翠珠は語りかけた。

「もしもご懐妊なされた場合、無事にお産がすみますように私達も精一杯尽力させていただきます。ですから治療を受けていただけませんか？　それにこのまま現状を放置しておけば、のちのち侍妾さまの健康を蝕《むしば》むことになりかねません」

最初は神妙に話を聞いていた礼侍妾だったが、後半の言葉に反発する。

「そんな大袈裟《おおげさ》な、ただの痛経——」

言い終わらないうちに礼侍妾は顔をしかめた。今朝と同じ右胸を押さえている。痛みを堪《こら》えているのか、息が少し荒い。

「診せていただけますか」

礼侍妾は戸惑ったが、素直に手をどける。誰にも言わないと約束こそしたが、色々と面倒な秘密を握られた翠珠を相手に強情を張ることは礼侍妾もできない。けれど翠珠は素っ気なく言った。

「すみません、そこじゃないです」

「え？」

「秋児さん、戻ってきてください」

扉にむかって声をあげると、言い終わらないうちに秋児が入ってきた。なにが起きたのかと不安と疑念をまじえた目を向けてくる。

「侍妾《じしょう》様の寝着を脱がせて、背中を出してください。内衣はそのままでよいです」

「え？　は、はい」

言われるがまま秋児が腰紐《こしひも》に手をかける。こういうときは本当に女医は便利だ。一昔前の男性医師では、脈診ですら薄布を敷いてやらなければならなかったらしい。それだけ既婚女性が夫以外の異性に身を触れさせることは忌避《きひ》される事態なのだ。

ましてや寵姫の上半身をはだけさせるなど、男の医者には絶対不可能だ。

ゆっくりと身体を動かして背をむけさせる。一点の曇りも染みもない大理石のように白く滑らかな背中は、肩甲骨の縁が浮き上がって見えることもあいまってなんとも艶《なま》めかしい。

「失礼します」

触れることも躊躇《ためら》われるほど美しいその背中に、翠珠は遠慮なく手を伸ばす。掌《てのひら》をそっとあててから、礼侍妾に数をかぞえてもらうように促す。

「数？」

不審な声をあげつつ、礼侍妾は言う通りにした。翠珠は手に神経を集中させた。

彼女が声をあげるたびに、どんな反応があるのか。自分の未熟な経験の中でも、細心の注意をはらえば差異は分かるはずだ。

十まで数え終えたところで、翠珠は手を離した。

「ありがとうございます。もう大丈夫です」

秋児が寝着を戻す傍らで、翠珠は枕を戻した。礼侍妾がふたたびそこにもたれる。動いたあとだからなのか、少し息が苦しそうだ。その息遣いが落ちついたのを見計らって、翠珠は口を開いた。

「礼侍妾さまのその息苦しさや胸の痛みは、月のものによるものです」

翠珠の言葉に、礼侍妾も秋児もなにをいまさらという顔をする。さもありなん。痛経や胸のつかえも含めたすべての不調が月経に起因しているであろうことは、礼侍妾本人も口にしていた。

「それぐらい最初から知っているわ」

「いいえ、ご存じではありません。そもそも月のものによって気鬱《きうつ》になる理由が、侍妾さまにはないでしょう」

秋児を前にしてまずかったかと思ったが、彼女は礼侍妾付きの女官なのだから、不利になるようなことは口外しないだろう。もし孫嬪に告げ口などしようとしたなら、礼侍妾の散歩を見逃したことと引き換えに黙らせよう。

あんのじょう秋児は少し不審な顔はしたが、なにか思うところがあったのか指摘してはこなかった。

「いま、肺の振動を確認しました」

「振動？」

「はい。のちほど熟練の医師に確認してもらうことが望ましいのですが、私の診立てでは右の肺の動きが左に比べて減弱しています。気鬱による胸のつかえでは、そのような所見は診られません。つまりこれは気の問題ではない」

　翠珠は説明をしたが、礼侍妾も秋児もよく分からぬ顔をしている。医学的知識を持たぬ相手に病状を分かりやすく説明することは困難を極める。ただこの場にかぎっては、まずは先に翠珠のほうが自分の考えを整理する必要があった。こうやって語りながら考えをまとめてから、そのあと礼侍妾達に説明すればよいと開き直る。

「これは、気ではなく血の問題です」

　ついに翠珠は結論付けた。

「月経によって生じた瘀血《おけつ》が定期的に肺を侵し、気胸を起こしているのです」

　なんの誘因もなくとつぜん肺の一部が損傷し、胸痛や呼吸困難を生じる。

　気胸《ききょう》と呼ばれるこの病状は、昔から若い男性に好発していた。たいていの場合は重症化せず、安静にしていれば自然治癒する。ただし頻繁に繰り返すことが多いので、患者の日常生活を著しく阻害することがある。

　これとは別に外傷、あるいは肺癆《はいろう》（この場合は肺結核）や肺張《はいちょう》（この場合は肺気腫《はいきしゅ》）等の元々の持病により肺が弱っている者にも同じ症状が起きる。こちらは原因がはっきりした気胸である。

礼侍妾の場合は後者である。

気胸の原因は月経だ。

妊娠にむけて胞宮（子宮）に満たされた血は、精を迎えなければ玉門（膣口《ちっこう》）から排出される。これが月経である。

ところがこの排出がうまく成されないと、滞った血は瘀血として炎症を引き起こし、正常範囲を超えたひどい疼痛《とうつう》等の症状となって現れる。通常は胞宮内で起こる現象だが、ときに遠く離れた体内の別組織にまで移動してそこに悪影響を及ぼす。それが肺に発症した場合、気胸を引き起こすことがある。

この気胸そのものはあまり重症化しない場合が多く、患者はもともと痛経が強いこともあり、その一部だろうと気づかないまま自然治癒することがほとんどだ。ただし次の月経でまた繰り返す。

「いくら気胸が軽くても、繰り返していればいつ重症化するか分かりません。そうなったときは私達の手には負えませんので」

冷ややかに紫霞が告げた言葉に、礼侍妾は青ざめた。

あのあと紫霞に依頼して、もう一度診察をしてもらった。彼女の診断も翠珠と同じものだった。

「ど、どうしたらいいの？」

「原因が月経の異常なのですから、そちらの治療が優先です」

血が正常に排出されるようになれば、瘀血が肺に流れることはない。とうぜん気胸は起きなくなる。自明の理である。

礼侍妾は浮かない顔で思案する。

治療をしなければ、気胸の悪化と今後もつづくであろう痛経、加えて孫嬪からの圧と枯花教信者という疑念を抱かれることにおびえつづけなければいけない。

妊娠に対する恐怖はまだ消えていない。けれど治療をしたからといって、妊娠するかどうかは決まっていない。

この両例を天秤《てんびん》にかけるのなら、どちらを選ぶかは歴然としている。

「わかったわ。薬を飲みます」

翠珠は胸を撫《な》でおろす。消去法とはいえ、礼侍妾は自分で決断した。それがなによりも大事である。

「よろしゅうございました、では」

紫霞は隣室にむかって声をかけた。緞子《どんす》の内暖簾《のれん》をくぐって宮女が入ってきた。その手には薬缶《やかん》が下がっている。

怪訝《けげん》な顔をする翠珠の横で、さらりと紫霞が言った。

「あなたが書いていた処方を煎《せん》じておいたの」

翠珠は感動した。心が動いた段階で、後悔する隙を作らずに服薬させるつもりだったのだ。なんという機転というか周到さか。

「あ、でも今日の侍妾さまの容態を見ると、延胡索《えんごさく》の量はもう少し増やしておいたほうがいいかもしれないわね。明日から気をつけなさい」

「……すみません」

しっかり釘《くぎ》を刺されて、自分の未熟さをあらためて知る。

茶炉で温めた薬を湯呑《ゆのみ》に入れて差し出すと、礼侍妾は観念したのか素直に口に運ぶ。白く細い喉《のど》が嚥下《えんげ》したのを確認してから、翠珠は礼侍妾と秋児の二人にむかって服薬にかんして説明をする。

「これから毎日、薬をお届けします。服用時間は、朝は朝食前、昼、夜は食後一刻《こく》以上置いて、かならず温めてから飲んでください。まずは七日間、様子をみてみましょう。その前でもどうしても身体にあわなければ再検討しますので、遠慮なくおっしゃってください」

最後の言葉は、服薬拒否を牽制《けんせい》してのものだった。

薬を飲まないと自ら口にして拒否する患者はまだよい。一番手に負えないのは、飲んだと嘘をついて廃薬をする患者だ。こちらは薬が効かないと思って無駄な試行錯誤をさせられる。人の努力に少しでも敬意を払う気持ちがあるのなら、そんな真似はけしてできないと思うのだが、残念ながらあんがいに多い。そんな医師側の気苦労が、この無邪気な娘に通じているかどうか。

（疑いたくはないけど、しばらくは服薬状況を確認する必要があるわね）

患者を信じる信じないの問題ではなく、服薬状況を確認することは医師の義務だ。高齢者など、本人に飲むつもりがあってもうっかり忘れてしまうことがある。そのような患者は飲み忘れたことすら忘れてしまっている場合も多い。こちらは責めるのは酷だから、周りが気を付けるしかない。

しばらくは疎んじられるかもしれないが、覚悟のうえだ。薬を飲み干したあとの湯呑をしげしげと眺める礼侍妾《じじょう》の邪気のない顔を見ながら、翠珠は腹をくくった。

この礼侍妾の件から七日後、景京に初雪が降った。

夜遅く降りはじめた雪は朝にはやんでいたが、屋根や宮道にうっすらと白い化粧を施していた。内城の官舎から外廷の杏花舎に通勤し、そしていま内廷奥にと歩く翠珠は、今日だけでさまざまな場所の雪景色を目にしている。

宮道の端には、今朝がた宦官《かんがん》達が寄せた雪が残っている。建物の瓦《かわら》屋根にたまった雪がずるりと滑り落ちた。気温がぬるくなったための現象なのだが、妙に寒々と感じて翠珠は外套《がいとう》の襟をたぐりよせた。毛皮の襟巻はまだ出していない。やはり上等すぎて通勤に使うことをひるんでしまう。

「なぜ、襟巻をしてこなかった？」

隣にいた夕宵が、翠珠を見下ろしつつ言った。青灰色の外套を着け、首には銀灰色の毛皮の襟巻をしている。街で会ったときもすでにこの恰好《かっこう》だったから、彼は寒がりなのかもしれない。

「今朝は寝坊をしてしまって、外套をひっかけてくるだけで精一杯――」

言い終わらないうちに翠珠はくしゃみをした。急いで鼻と口を押さえようとしたとき、目の下をなにかがかすめた。なに？　と思ったとき首元と顎《あご》にぬくもりを感じた。夕宵が自分の襟巻を翠珠にかけてくれたのだ。

「え？」

とつぜんのことに翠珠は瞬きを繰り返す。

「医師が風邪を引いたら、不養生と笑われるぞ」

「だ、大丈夫です。鄭御史だって寒いでしょう」

あわてて襟巻を外そうとした翠珠の手を、夕宵は笑いながら押さえた。

「君の方が寒そうにしている」

「……」

そうかな？　とぼんやりと思った。そんなに寒くない。それどころか全身が少し火照りはじめている気がする。

「……ありがとうございます」

「それで礼侍妾の調子はどうだった？」

さらりと夕宵が尋ねたので、翠珠は気を取り直した。

「幸いにしてお薬があっているみたいです。こんなに楽になるのなら、もっと早く飲めばよかったと言っておられました」

翠珠の返答に夕宵は声をあげて笑った。

投薬拒否から一転の態度は、瞬く間に後宮中に広まった。彼女が枯花教とは関係がないと知らしめるためにはそのほうがよかった。もちろん妊娠をしたくなかったという本音は誰にも話せないが。

翠珠が夕宵に話した内容も、礼侍妾がようやく薬を飲むようになってくれたということだけだった。その結果を尋ねられたので、順調だと返したのである。服用してすぐにじんわりと腹痛がやわらぎ、いつもは一番苦しい二日目がいつにないほど楽である。

そうやってこれまでとは比較にならないほど楽に月のものの期間を終えた。その結果が『もっと早く飲めばよかった』の発言である。まだ痛みの芯《しん》のようなものは残っているが、こちらは少し長めに治療に向きあわなければならないだろう。その旨は礼侍妾にも孫嬪にも説明をしている。

少し先を、臙脂色《えんじいろ》の官服を着けた宦官が歩いている。夕宵の案内役の内廷警吏官だ。呂貴妃のところは親戚《しんせき》の高峻と一緒だったので例外だが、男の夕宵が内廷に入るには宦官か女官の付き添いが必須《ひっす》になる。ちなみにこの女官役、女子医官の翠珠ではだめらしい。

二人でどこに向かっているのかと言えば、山茶花殿である。

翠珠は診察、夕宵は礼状と品を献上するための訪問の許可を、ともに呂貴妃を通して得たのである。青巒の負担を考えても一回で済ませたほうがよいと、同じ時間に約束を取りつけたのは呂貴妃である。

「それにしても、長公主さまが警吏局に援助をなされていたとは知りませんでした」

「もう一年になるな。天花にかぎらず枯花教の動きが流行《はや》り病《やまい》に対して好ましくないことは分かっていたから、そのあたりをずっと懸念されていたらしい。結果として彼女の心配は当たったことになるな」

先日の襲撃のことを夕宵は言っているのだった。

枯花教を取り締まるための資金の援助を、青巒長公主が申し出た。その理由は翠珠に語った天花の撲滅という願いに根差していることは説明するまでもなかった。

呂貴妃の前でその話題を出したとき、青巒長公主が枯花教のことを知っていたことに夕宵が驚いたのかと思ったが、それ自体はこの件もあって以前から知っていたそうだ。ただ彼女の背景を考えてあらためて実感したのだという。

警吏局は援助の件を、管轄組織である御史台に報告しなければならない。下手に内密にして賄賂《わいろ》を疑われたりしては大事である。報告を受けた御史台ではとうぜん礼をという話になったのだが、あたりまえのように面会は叶《かな》わず内廷の人間を介して礼状を渡すに留《とど》まっていた。しかし資金援助は継続していたので、この機会にと駄目元で夕宵が願い出たというのが先日の顚末《てんまつ》である。

「まさかお会いいただけるとは思っていなかったよ」

しみじみと夕宵は言う。話に聞く青巒長公主の状況が本当なら、確かに信じがたいことだろう。これまでずっと外界との接触を避けていたのに、なにがきっかけで気持ちが変わったものなのか。

「でもそんなに前から枯花教の動向に注目なされていたのなら、内心では外に関心をお持ちだったのかもしれませんね」

「──かもしれないな。そして君と話したことが、思いきるきっかけとなったのかもしれない」

「そうだとよいのですが」

翠珠は言った。孤独に過ごしたいと願う者を、こちらの世間一般の価値観で外に引きずり出すべきだとは思わない。けれど二十年以上孤独に過ごしていた青巒が、年を経て人とかかわりたいと少しでも思っていたとしたら、その手助けができるのなら幸いだ。

内廷警吏官の背を追いながら、二人並んで宮道を歩く。

人気はどんどんなくなってゆく。東六殿の宮道は雪が脇に寄せられていたが、このあたりの路面はまだ白いものが残っている。人通りもないので、ここまで除雪が行き届いていないのだろう。自然に雪が溶けてしまうほどに外温はあがっていない。

皮膚を切るような冷気を感じるたびに襟巻を借りたことを申し訳なく思うが、夕宵は平然と歩を進めている。

やがて前方に見覚えのある牌坊《はいぼう》が見えてきた。足を進めるにつれて、その先の山茶花《さざんか》の生垣がはっきりと見えてくる。夕宵と並んで牌坊をくぐった翠珠は、雪を交えたその景色の神秘性に息を呑《の》んだ。

常緑の艶《つや》のある葉が、すりおろしたように粒の細かい雪を抱いている。その中で以前に観たときよりも数を増した緋色《ひいろ》の八重咲の花々がいっそう際立つ。うっすらと地面をおおった雪に足跡は一つもなく、白い絨毯《じゅうたん》の上はただはらはらと散った緋色の花弁に飾られている。白と赤と緑。それぞれがそれぞれの色を引き立てた光景が東西に延々とつづいている。

「これはすごいな」

ため息交じりに夕宵が言う。少し後ろでたたずんでいた内廷警吏官も「人目に触れないというのが、もったいないですね」と言った。

夕宵は、翠珠のほうを見た。

「この生垣を迂回《うかい》しないと、山茶花殿の門には行けないのか？」

「どうでしょうか？　私も先日はここでお別れしたものですから」

二人揃って内廷警吏官に目をむける。この三人の中では、まちがいなく彼が一番後宮の構造には詳しい。しかし当人は「さあ……」と自信なげに首をゆらす。

「私にかぎらずほとんどの者が、ここまで来るのははじめてですから」

「じゃあ、素直に沿って探すしかないか」

延々とつづく生垣を見て、うんざりしたように夕宵は言った。気持ちは翠珠も同じだった。なにしろ杏花舎からここに来るまでだって、だいぶ歩いている。このうえさらに歩くのかと思うと、明日の筋肉痛が心配である。せめて回廊を右か左のどちらの方向に行くかでも分かると良いのだが。

「お待ちしておりました」

とつぜん響いた声にびくりとする。回廊の柱のかげから年老いた女官が出てきた。

実を言うと、宮中に年配の女官はさほど多くはない。彼女達は妃嬪《ひひん》とちがって年季があるので、それを過ぎれば退官する者が相当数いるからだ。世間では後宮とは一度入れば生涯出られぬ悲劇の場所のように言われているが、それが本当なら新陳代謝がなくって女官達は年配者ばかりで占められてしまう。禄《ろく》だって若い者のほうが安上がりだ。

三十を越えて宮中に残っている女官は、呂貴妃のところの鈴娘のように主人に気に入られるか才を認められるなどで相応の地位を持っている者、あるいは行く当てがなく生涯宮城に仕えることを決めた者である。

老女官がまとう官服はあまり地位の高い色ではなかったので、おそらく後者だろう。そもそも二十年以上殿に引きこもっている公主の女官が、華々しい地位にあるはずもない。

「長公主さまにお仕えの方ですか？」

内廷警吏官の問いに、老女官は弱々しくうなずく。

「はい。乳母でございます」

その立場と年頃には合点がいった。

しかし彼女の声にはまったく抑揚がなく、陰気な容姿もあいまってひどく不気味に感じてしまう。内心でひるむ三人にむかい、乳母は皺《しわ》だらけの手を動かした。

「主《あるじ》がお待ちでございます。どうぞこちらに」

第三話　女子医官、天命に惑う

山茶花殿は、驚くほど広大な面積を有した御殿だった。

門をくぐった先には灰色の化粧石を敷き詰めた前院《まえにわ》が広がっており、その石に刻まれた文様が、うっすらと積もった雪にわずかなおうとつを浮かびあがらせていた。

中央を貫く通路の左右に等間隔に並んだ石灯籠《いしどうろう》群はきれいに磨かれていたが、もう何年も火が灯《とも》されていないのではと思うほど冷え冷えとしている。前院の四隅に植えられた夾竹桃《きょうちくとう》の常緑の葉が、しっとりと湿った残雪をかき抱いていた。この前院だけでも杏花舎の施設が全部収まりそうな広さである。

内門をくぐった先に開けた内院《なかにわ》は、こちらも手の込んだ風流な造りとなっていた。

まず目につくものは、中央に設置された噴水だ。円形の池の中央には、石材製の精緻《せいち》な細工の龍《りゅう》がそびえている。凍結を考慮してか水栓は閉まっていたが、おそらく龍が口から水を噴く形式になっているのだろう。

あたりには腰の高さの箱型の花壇が、いくつも設《しつら》えられていた。季節によって彩豊かな花々を観られるのだろうが、残念ながらこの時季なのでほのかな芳香を放つ白水仙以外に目立つ花は咲いていなかった。

手入れはされている。けれど息吹《いぶき》を感じない。そんな印象の院子《にわ》だった。

「こんな広い場所が、奥東区にあったとは」

夕宵が独り言《ご》ちた。最初の門をくぐってからなんとなく全員が無言だったので、これが山茶花殿に入ってはじめて聞いた人の声だった。

「確かにこれは独立で、奥北区と称してよいですね」

内廷警吏官が言った。宮城も含めた皇城全体を、鳥のように空から見上げることができたのなら、さぞその広さに驚かされるのだろう。

石段を上り、乳母が紫檀《したん》の正面扉を押し開ける。

薄暗い前庁には火鉢が備えてあり、赤々と炭が燃えていた。だというのに体感的にひどく寒々としたものを感じる。そもそもこんな大きな殿舎で、これほどひと気がないというのも不思議である。

「警吏官の方はこちらでお待ちください」

乳母は内廷警吏を火鉢の前の椅子に案内し、翠珠と夕宵を奥へと誘《いざな》う。

二間程抜けたが、その間にも他の使用人を見ることはなかった。

乳母は錦《にしき》の内暖簾《のれん》の前で立ち止まり「お連れいたしました」と声をかける。一拍置いてから「入りなさい」と例のしゃがれた声がした。奇妙な響きに夕宵は眉《まゆ》を寄せる。先に説明しておくべきだったと少し後悔したが、夕宵なら青巒の前で露骨に不審な顔をするような真似はしまい。

　水煙草の甘い香りがただよう室内には瀟洒《しょうしゃ》な家具や調度が配され、一目した感じは普通の上等な部屋だった。けれど長椅子の前に薄物の帳《とばり》が下りていることが異質だった。公の場で貴人が人目に晒《さら》されることを避けるために、そのような物を取り付けることはままある。しかし私室でその必要はない。普通の状況であれば――。

　青巒はその状況ではない。

「御史台御史・鄭夕宵が、長公主さまにご挨拶《あいさつ》申しあげます」

　跪《ひざまず》いて拝礼する夕宵に、翠珠もならう。帳のむこうで青巒は「楽になさい」と言った。いったん立ち上がってから、あらためて夕宵はつづける。

「長公主さまより長きにわたる警吏局へのご支援、管轄組織の御史台の官吏として厚く御礼申しあげます」

「些細《ささい》なことです。天花にかぎらず病で苦しむ者が少しでも減るのなら、それは私にとって意義のあることなのですから」

「長公主さまの仁篤の御心。この鄭夕宵、ひたすら敬服の至りでございます」

　さらに頭を下げたのち、夕宵は乳母に書簡を渡した。御史台長官である沈《ちん》大夫からの礼状だという。乳母は帳の中に入って行った。そのさい隙間から、水煙草と思われる白煙が一筋流れてきた。

　薄い帳に映る影で、乳母が青巒に書簡を渡しているのが分かる。

書簡に目を通したのち、青巒はあらためて問うた。

「ときに鄭御史、枯花教の動きはどうなっていますか？」

「彼らの動きにかんしては、基本的に警吏局の管轄でございますゆえ」

そう前置きをしてから、ふたたび夕宵は語りだした。

「警吏局の報告によりますと、先日の襲撃も一見荒っぽいようで、その実はかなり周到に行われたようです。人目につく時間を狙い、犯行のさいに痘苗《とうびょう》の危険性を誇張して連呼することで彼らの目的の一端は成し遂げたのかと」

夕宵の説明を聞いた翠珠は顔をしかめた。

枯花教の目的は、むしろそちらだったのだろう。その場の痘苗を廃棄したところで、医官局にはおそらく在庫がある。なかったとしても先日手に入れたばかりの痂皮《かひ》で作ることが可能だ。いたちごっこをするより副作用を誇張して喧伝《けんでん》し恐れを抱かせたほうが、痘苗普及を阻害するには効果的である。

「枯花教の目的が人々への啓発だとしたら、皮肉なものですね」

溜息《ためいき》交じりに翠珠は言った。啓発という単語が妥当だとは思わないが、枯花教はそう考えているから他に言いようもない。

「あの場で騒動を目にしていた市井の人々は、たとえ彼らが望んでも痘苗を接種することはできないのに」

「なにゆえですか？」

青巒が尋ねた。

「一に費用、二に人手です」

痘苗接種には高額な費用がかかる。しかし庶民はそれを払うことができない。

仮にその価格が庶民の手が届く範囲に下がったとして、現状では数多《あまた》の希望者に接種する医師の数が足りない。技術そのものは皮膚に針を刺すだけなのでちょっとした指導をすれば素人でも可能かもしれないが、接種を受ける者の健康状態を把握し、適応か否かを判断することは医師にしかできない。弱毒とはいえ痘瘡《とうそう》を起こすのだから、むやみやたらに接種してよいものではないのだ。

痘苗接種にかんする現状での問題点を説明したうえで、さらに翠珠はつづけた。

「けれど万民が痘苗を接種できれば、戻気《れいき》がいくら広がったところで誰も天花に罹《かか》らなくなります。そうなればもはや痘苗そのものが必要なくなります」

「なるほど。ならば痘苗接種の将来を国単位で考えるのなら、費用にかんしては朝廷が主導せねば間に合いそうもありませんね」

「そのあたりの政治的なお話は私には分かりませんが、できるだけ多くの方に接種してもらいたいというのが医官局の方針ではあります。けれどそのためには、費用と人手はもちろんですが、やはり痘苗の安全性を高めなければなりません。痘苗接種によって天花を発症する率は一厘を切るとされていますが、その十分の一、それ以下にすることが目標と聞いております」

翠珠の説明に夕宵が尋ねる。

「痘苗接種がうまくいった者は、二度と天花には罹らないのだろう?」

「はい。それは九割九分九厘」

「なにも対策をせずに天花に罹った場合、半数近くは死亡する。痘苗接種の失敗による天花の発症が一厘を切るというのは、つまり痘苗を接種すれば、千人中九百九十九人以上が生涯天花に罹らずにすむということになる。ならばいまの段階でも十分に有効な対策と言えるではないか。噂では栄嬪さまも自分の子供への接種をお望みだと聞いたのだが」

それは噂ではなく本当である。臨月の彼女は産まれてくる子供の命を守るために、思いつくあらゆる手段を口にしていた。痘苗はそのうちのひとつである。とうぜんながら嬰児《えいじ》は適応外である。

「だとしても、その一厘にあたってしまった方や家族は納得できません。それこそ接種しなければ天花に罹らない人生もあったわけですから」

帳のむこうで青巒が尋ねる。

「逆になにゆえそれほどに安全なのですか。痘苗は天花の患者の痂《かさぶた》を使うのでありましょう? ならばもっと高い確率で同じ病に罹りそうなものですが」

「痘苗用の痂は順痘《じゅんとう》、つまり順調な経過をとる天花の患者の痂を使います。さらにそれを精製して火毒を排除したものが痘苗になります。ですから軽く済む者がほとんどなのです」

「──そのような違いがあるのですね」

「それでもごく稀《まれ》ではありますが、接種後に天花を発症してしまう場合もあります」

天花と軽い天花の存在は医師には常識だが、そうでない者にはなかなか理解しがたい。初発症状がほぼ同じだからなおさらだ。

公主という立場で教養を持つ青巒は理解してくれたようだが、これが庶民となるといくら説明をしてもなかなか納得してくれない。軽いとはいえ天花に罹るというだけで震え上がる。啓蒙《けいもう》不足は痘苗が普及しない理由のひとつにもなっている。もちろん最大の理由は安全面への疑念で、次が費用と人手というのは言うまでもない。

「痂が足りなくなることはないのですか？」

矢継ぎ早に青巒は問うてくる。彼女の痘苗に対しての興味は尽きないようだ。

「一度接種を行えば、理論的には永遠に不足は起こりません。接種により軽い天花を発症した者から痂が採れるからです。しかもその痂で作った痘苗はさらに毒性が低くなって安全になると言われています」

「それは、なんと──」

「ですが近年ではそのような機会がなく、保管していた痘苗も経年により劣化してしまったために今回の採取となったのです」

「それで北村まで行ったのか？」

夕宵の問いに翠珠は首肯する。

「はい。今回は襲撃をされて叶《かな》いませんでしたが、王府のご子息への接種がうまくいったなら、その方の痂皮を利用させてもらうつもりだったそうですよ」

このあたりの事情は北村への選抜隊で一緒になった女子医官達から聞いた。二人とはあれから連絡を取りあうようになり、宿舎で同室の譚明葉《たんめいよう》も誘って四人で食事に行ったこともある。太医学校に勤務している医官は、臨床医ではなく教員か研究者を目指しているので最新の知見が聞けて興味深い。

「ですがあのようなことが起きたので、延期になってしまいました」

「それは残念でしたね。それにしても枯花教の者達は無知が過ぎる。天花の恐ろしさを知っていれば、そのような無体な真似はけしてできまいに」

青巒が口にすると、なんとも言えない説得力を持つ言葉である。特に翠珠は彼女の素顔を見ているから、なおさら胸にしみる。夕宵は黙って話を聞いていたが、彼にもなにか思うところはあるのだろう。

「とはいえあの者達の行為にも、一部称賛に値するものもあることは事実です」

これまでと少し口ぶりを変えて青巒は言った。

「特に救護施設の経営は、優れた慈善事業として認めざるをえないでしょう。ゆえに頭ごなしに壊滅を進めるのではなく、あの者達の善行への思いはそのままに、医術に対しての偏見をもう少し改めさせる方向で介入はできまいかと、これまでは警吏局長にそのように望んでいたのです」

　確かに、それができれば一番理想的である。

　しかし、そう都合よくはいくまい。なぜなら枯花教にとって食料配布も救護施設経営も、医術を敵視する自分達の思想を体現化するための手段だと思うからだ。医師や薬に頼らずとも、自分達の教えに従っていれば保護をするという、いわば交換条件のようなものだ。

「――けれど、ここまで過激を働くようであれば難しいかもしれませんね」

　青巒は溜息した。翠珠が考えている程度のことなど、はなから思いついていたようだ。

　そこでいったん話を切り上げ、診候をすることになった。その間、夕宵は前庁で内廷警吏と待っていると言った。あの長い距離を一人で帰るのは不安があるだろうと気遣ってもらえたことは嬉《うれ》しかった。

　夕宵が内暖簾《のれん》のむこうに下がったあと、翠珠は帳《とばり》の前に寄った。とはいえできることは脈診ぐらいだ。帳の内に入ることは貞医局長でさえ許されていない。この段階で望診ができないし、声や呼吸音を診る聞診も、青巒の声がもとから異質なのでなんとも測りがたい。そもそも貞医局長も何年も会っていないというのだから、今回の謁見がいかに奇跡的だったかということである。

　帳の前に小さな卓子が準備されている。その前に翠珠が腰を下ろすと、隙間から青巒が腕を出した。痘痕《あばた》どころかシミひとつすらない白くほっそりとした腕に、なんともやるせない気持ちになる。

そのとき異質な音が耳をよぎった。一瞬なんだ？　と思ったがすぐに判明した。青巒の呼吸音だった。彼女の息遣いは荒く、座っているのにまるで運動をしたあとの人のもののように聞こえる。痘瘡の後遺症で喉《のど》に異常があるのなら、呼吸音が多少乱れていても不思議ではない。

ひとまずは脈診だと、翠珠は青巒の腕に触れた。

年齢的なことに加え長年診察を受けていないのだから、なにかひとつぐらい悪い所見があるだろうと覚悟していた。もっとも自分の経験値を考えれば、脈診だけでそれを見つけることができるかは甚だ不安ではあるが。

しばし脈を探ったあと、遠慮がちに翠珠は問う。

「息苦しさや、痰《たん》などはどうですか？」

帳のむこうで青巒はくすっと笑った。

「そなたは優秀な医師のようですね」

「自覚はおありなのですね」

「もちろん。一番苦しいのは私ですからね」

朗らかに述べたあと、青巒はひどく咳《せ》き込んだ。絡んだ痰をなかなか出せないでいるようだ。他の患者であれば背中を叩《たた》いて排痰の手伝いをするのだが、帳に入ることを許されぬ状況では黙って見守るしかできない。乳母が背中をさすっているが、あの程度の強さでは痰を出す助けにはならない。

　はらはらと見守る翠珠の前で、青巒はぐえっとまるで鵞鳥《がちょう》の鳴き声のような音をたてて痰を吐き出した。痰壺《たんつぼ》は間近に常備してあったようだった。

　乳母が渡した茶杯を傾けた青巒が一息ついたのを見計らい、翠珠は言った。

「肺を患っておいでかと……おそらく肺痿《はいい》（この場合は間質性肺炎、肺線維症等）かと存じます」

　脈は血管の反発に力がない虚脈で、拍数が多い数脈《さくみゃく》。ならば痘瘡《とうそう》の後遺症だろうと思っていた悪声も、実は肺の病も影響しているのではないか。舌診を含めて他の診察ができないので最初は迷ったが、いまの咳き込みようと喫煙歴を併せて考えればその可能性が高いと感じた。

「そうかもしれません。ここ一、二年は動くと息切れがあります」

「貞医局長には？」

「彼女が苳鶯《かんおう》並みの名医であっても、診察ができない状態では知るよしもありません」

　苳鶯とは神話上の女仙で、この国では医学の神とあがめられている。

　その女神に匹敵する名医であっても、患者から面会を避けられている状況では診断はつけられない。貞医局長にできることは、万人に適応する滋養の薬湯を届けることぐらいだった。あきらかに具合が悪いのになぜ？　という問いを翠珠は呑《の》みこんだ。青巒が人目を避ける理由は歴然としているのだから、それを訊《き》くのは無神経が過ぎる。

けれど肺痿は放置しておいてよい症状ではない。難治性で完治は難しくはあるが、呼吸困難や喀痰《かくたん》の苦痛をやわらげる手段はある。部屋にただよう甘い香りに、翠珠は鼻を押さえた。

「煙草はお控えいただいたほうが……」

肺を病んだ患者に、煙草は厳禁とされている。

「李少士」

穏やかに青巒は言った。

「私はそう長くないのでしょう」

「それは、このまま放置しておいた場合です」

いきなり核心をつかれてひるみかけたが、なんとか踏ん張って答えた。

肺痿は数年をかけてじわじわと肺の機能を損なってゆく。無治療で一、二年経過しているのならそれなりに進行はしているだろう。先日は生垣の前を歩いていたが、この呼吸状態であの広い院子《にわ》を歩ききったとは考えにくい。おそらくだが門までは輿《こし》かなにかを使ったのだろうが、いずれにしろそれもよろしくない。肺痿の患者に冬の寒さは脅威である。ささいな風邪がきっかけで症状が一気に悪化するからだ。

「治療を受けていただければ、咳《せき》や息切れももう少し楽になるものと存じます」

「いらぬ」

静かに青巒は言った。その物言いがあまりにも断固としていたので、翠珠は反論の言葉をくじかれる。

「私は、それほど長生きをしたいとは考えていないのです」

「……」

「そなたがいま天花に罹《かか》り、若く可愛いその顔に、私と同じような痕《あと》が残ったら生きていてよかったと素直に思えますか？」

答えることができなかった。死んだほうがましだと思う。それでも生きていてよかったと思う。どう答えても青巒を傷つけ、そして怒らせると感じたからだ。まして自分は痘苗《とうびょう》を接種しているから痘瘡には罹らないなどとは、あまりにも的外れな答えでしかない。

「──分かりません」

「正直でよい」

そう言って青巒は小さく笑った。自嘲《じちょう》なのか諦観《ていかん》なのか、その笑いが意味するところが翠珠にはよく分からなかった。

帳のむこうで青巒は静かに語りはじめた。

「天花が治まって鏡を見たときの衝撃は、いまでもはっきりと覚えています。なぜ死ななかったのかと心の底から思いました。何度か自害も試みましたが、ことごとく阻まれてしまいました。そのたびに皆が口を揃えて、生きていればそのうちよかったと思えることもあると言いました。しかし残念ながらこの二十数年、そう思ったことは一度たりともありませんでした」

痘痕を刻んでからの青鸞の二十数年は、十九歳の翠珠には到底想像しがたい年月だ。一度たりとも生きていてよかったとは思えなかった。その言葉の重さは伝わるが、実感としてわかない。生きていることに感謝をする。逆に生きていることを呪う。そんなことをあらためて感じることがないほど、翠珠のここまでの人生は平穏だったのだ。

そんな自分が、青鸞にかけられる言葉を持つはずがない。ただただおのれの無力を痛感しつつ青鸞の語りを無言で聞くしかできない。

「そのうち死にたいという気持ちも薄れてきたので、まあ、いろいろと楽にはなったのですがね……あら、ごめんなさい。すっかり気落ちさせてしまいましたね」

「え……!?　いえ、そんなわけでは」

翠珠は慌てて声を張る。しくじった。この場合、憐憫《れんびん》の情を示すのも、明るくふるまうのもちがう。もっと淡々と、そして動じない態度で聞くべきだった。けれどそんなたくましい真似が十九歳の小娘にできるはずがない。

しどろもどろになる翠珠に青鸞は声をたてて笑った。その響きが思ったよりもからりとしていたのでほっとした。

「けれど今日痘苗の話を聞き、私は久しぶりに使命のようなものを覚えました」

翠珠は目を見張った。そういえば初対面のときも、青鸞は似たことを言っていた。痘苗を完成させたい。そうすれば自分のような思いをする者がいなくなるだろうと――。

「李少士」

　ふたたび青巒が呼び掛ける。その声音はすべての重荷や煩わしさを取りはらった人のように清々《すがすが》しいものだった。

「天花で人生を破滅させられた私が、残り少ない人生をその根絶に注ぐ。それこそが天花に対する最高の復讐《ふくしゅう》だとは思いませんか」

　感激に翠珠はうち震えた。胸が熱くなるのを押さえられない。英明、慈愛、仁徳等のあらゆる言葉を使っても、この青巒の志を称《たた》えるものとしては足りない気がした。

「金銭的な面も含め、私にできることであればいくらでも支援は惜しみません。困ったことや必要なことがあれば、遠慮なく申し出なさい」

　降り注ぐ光のように神々しい青巒の言葉に、思わず翠珠は椅子から降りてその場に跪《ひざまず》いた。

「長公主様の高邁《こうまい》な御志に敬服いたします」

　深々と頭を下げる。おぼろな形しか見えないはずなのに、帳のむこうで青巒が誇らしげに胸を張っている気がした。


　それから二日後。ついに栄嬪が男児を出産した。

　出産前の体調不良から色々と不安があったが、お産そのものは初産にしては比較的軽めで、産婆の力だけで済んだことは幸いだった。もちろんいかなる場合でも、お産が母体の健康を著しく侵害することはまちがいないので、産褥《さんじょく》期の養生は医師に任される。

紫霞は栄嬪のための食事を色々と提案しているのだが、根っからわがままな彼女に食べさせるのになかなか苦労していた。想定内だと動じたふうもなく紫霞は言うが、男児を産んだことで栄嬪がさらに増長するであろうことは誰の目にも明らかで、呂貴妃は頭が痛いだろうし、他の嬪《ひん》、特に順嬪や孫嬪は心穏やかではないだろう。

表向きは皇子誕生の慶事に賑《にぎ》わう宮城だったが、いつも以上にぎすぎすした空気を肌で感じる。下手な言葉で後宮の女達を刺激しないよう、医官達もこれまで以上に気を遣いながら日々過ごしていた。

それから五日後、杏花舎は別の話題で持ち切りになった。

その日の午後は、若手の少士達ばかりで製薬室で作業をしていた。製薬室は生薬を調製する部屋だ。収穫ないしは採取した生薬に、乾燥、刻む、すりつぶす等の加工を行う。よほど扱いの難しい生薬でないかぎり、基本は少士の仕事である。調製済みの生薬は薬方室か倉庫で保管される。

生薬を単体で使うことはほとんどなく、たいていの薬は複数の生薬の配合で構成されている。たとえば使用頻度の高い葛根湯《かっこんとう》は、葛根、麻黄《まおう》、桂皮《けいひ》等々複数の生薬を組み合わせた薬品名である。処方とは一般的にこの配合を示す。

薬研《やげん》で生薬をすりつぶしていた翠珠に、包丁で刻み作業を行っていた霍少士が代わって欲しいと申し出た。単純作業は長くやっていると飽きてくるから、こういう依頼は実は珍しくない。

「いいわよ。私もそろそろ――」

「ねえ、ちょっと聞いて！」

そう言って飛び込んできたのは、錠少士だった。乾燥させた梔子《くちなし》の果実が大量に入った籠《かご》を抱えている。生薬名は山梔子《さんしし》で、消炎、鎮痛の目的で使われる生薬だ。彼女は籠を卓上に置き、奪われた痘苗が戻ってきたことを話したのだった。

「枯花教の奴らが自首してきたんですか？」

「それが犯人は、枯花教の信者ではなかったらしいわ」

「え!?」

思いがけない返答に、翠珠と霍少士はもちろん他の少士達も驚きの声をあげる。確かに枯花教の信者が犯人なら、痘苗が戻ってくることはおかしい。襲撃を加えた段階で廃棄しているだろう。彼らの目的は痘苗接種を止めさせることなのだから。

「でも枯花教を名乗って襲撃したのでしょう？」

「それも捜査の目をそらすための工作だったんですって」

「なんだって、そんな真似を？」

「痘苗を接種したかったらしいわ」

「はあ？」

錠少士の説明によると、犯人は王府の邸宅の修繕現場で働く役夫ということだった。

痘瘡《とうそう》への恐怖は貧富に関係なく皆同じだ。けれど痘苗接種は富裕の者しかできない。その日暮らしの役夫の経済力ではとうてい無理な話である。そんな中、王府の子息が痘苗を接種することを仕女達の会話で聞きおよび、犯行を思いついたのだという。

「けどいざ奪ってみても、どうやって接種したらよいのか分からない。悩んでいるうちに捜査の手が伸びてきて、これは逃げきれないとついに観念して自首したらしいわ」

「浅はかですね」

霍少士の感想に翠珠も同意だったが、それだけ痘瘡に脅威を抱いていたという役夫の気持ちを思うと同情の念も消せない。

「それでご子息に、痘苗は接種できたのですか？」

「いまさらなにを言っているのよ。事件のあとすぐに新しい痘苗を準備して、とっくに接種してもらっているわよ」

「え、そうだったのですか？」

言われてみればあたりまえのことだが、いま指摘されるまで気づかなかった。

子息は無事に順痘《じゅんとう》を発症して、後遺症もなく数日で治癒したらしい。痘苗接種としてまったく理想的な経過だ。その痂《か》皮《ひ》はもちろん採取しているそうだ。

「太医学校勤務の医官達とご飯に行ったんでしょう？　その時に訊《き》かなかったの」

「それが食事に行ったのは、事件が起こる前だったんですよ」

王府の子息への接種がうまくいったら、痂皮を採取するつもりでいる。彼女達から聞いたのはそこまでで、妨害をされたから成し遂げられなかったのだろうと翠珠が思い込んでしまっていた。だから青巒にも、あたかも接種ができなかったかのように説明してしまった。

「ご子息の接種が成功したからでしょうけど、あちこちの名家から接種希望の依頼が届いているらしいわ」

「最近は聞かないけど、険症や逆症の痘瘡も隔年ぐらいでどこかではやっていますからね」

「ちょっと大きな街ではやったら、景京に来るのは時間の問題ですしね」

帝国全体でも、ここ二年程は強毒性の痘瘡の流行はなかった。今年も幸いにしてその兆しはない。しかし帝都景京には、帝国全土のみならず近隣諸国からも数多《あまた》の人間が出入りしているから、どこかで発症すれば時間の差はあれ疫病は確実に持ち込まれる。大都市で暮らす住民達は、利便さと引き換えにそんな恐怖とも背中合わせに暮らしているのだ。

「そう考えたら、その役夫も可哀想ではあるわよね」

「どの程度の処分になりますかね」

「どうかしらね。ああ、それこそ鄭御史に訊いたら分かるんじゃない？」

錠少士と霍少士は二人揃って翠珠を見た。あまりにとつぜんのことで、翠珠は返す言葉をなくす。

「え？　いえ、あの……なんですか？」

「だって親しくしているじゃないですか」

あたりまえのように霍少士は言う。からかう素振りもない風情がかえって困惑する。こうなるとむきになってとやかく言うのも不自然だ。いつでも会えるわけではない、彼がここに来たときたまたま会うだけだとごまかして話を終わらせた。二人がそれ以上追及してこなかったことにほっとしつつ、翠珠はさらりと話題をそらした。

「では枯花教は、急に過激に走ったわけではなかったのですね」

「今回の件にかんしては冤罪《えんざい》だったというわけね。そういえばあの件以外の暴力行為は別に聞かないわね」

怪しげな布教活動、医術に対する批判は変わらずしているということだが。

「じゃあ今日からは官服で外を歩いても大丈夫ですね」

季節的に外套《がいとう》を着ているが、店に入ったときなど気楽に脱げることはありがたい。すると霍少士が言う。

「俺は男だからあまり気にしていなかったけど、師姐《シージェ》達は良かったですね」

「男の人だって、一人に集団で来られたら怖いでしょう」

「確かに。喧嘩《けんか》には自信ないです」

そこで三人は声を揃えて笑った。

一通りの作業を終えたあと、翠珠は二人と離れて隣の薬方室に入った。懐から処方箋《しょほうせん》を取り出す。貞医局長に記してもらったものだ。翠珠のような若輩が容易に相談できる相手ではないから、先日の青巒の診察結果は紫霞から話してもらった。青巒は特別な治癒を望んでいない。そのうえで苦痛が和らぐ手段があるのならという本人の希望を伝えた。その事情を受けて出された処方である。

「えっと、桑葉《そうよう》に石膏《せっこう》、麦門冬《ばくもんどう》……」

無数にある薬簞笥《だんす》から記載された生薬を選んでゆく。必要な分だけを量り、調合した生薬を煎《せん》じるために調剤室に移る。この部屋は薬を煎じるための作業場だ。複数の炉が常に稼働しているので、夏は過酷だが冬は暖かくて心地よい。いまもいくつかの薬缶《やかん》が湯気を上げている。火の番やその他もろもろの雑用をする下男がいたが、翠珠が入ってきたので、はばかりに行くと言っていったん外に出た。

調合した生薬を薬缶に入れて、規定量の水を注ぐ。最初は強火で、沸騰してからは弱火で水量が半分になるまでじっくり煮詰める。時間的に四半刻《こく》を超える工程だった。卓上に砂時計をひっくり返して、翠珠は椅子に座った。

青巒の意向もあり、翠珠は彼女を担当することになった。

本人に治癒への意欲がなく、その目的が苦痛を緩和することにあるのなら、技術的に優れた貞医局長より親しみを持たれた翠珠のほうが適任であろう。七日に一回の診察のたびに本人の要望を聞き、その対策を紫霞と貞医局長で話しあい、翠珠が伝えるという段取りに決まった。

毎日の薬はいままでどおり、むこうの使用人が杏花舎まで受け取りにくる。ただ七日に一回の診察時には、翠珠が届けることになったのだ。

今日はその日である。

薬缶の蓋《ふた》がことことと音を刻む中、翠珠はしばし物思いにふける。

青巒からの指名を受けた翠珠は、呂貴妃につづいてまたもや気難しい貴人を懐柔したと宮廷医局で評判になっていた。あなたは人好きがするからと紫霞や同僚達は納得しているが、正直荷が重い。

確かに人見知りはしないし、人懐っこいほうだとは自分でも思う。友人関係で苦労したこともほとんどなかった。とはいえそれは相手も常識的な人間だったからで、偏屈者や邪悪な人間とは意識的に距離を取っていた。たとえば栄嬪など絶対に近づきたくない。

呂貴妃に好意を持てたのは、彼女が厳しくても筋が通った人間だと分かったからだ。

青巒も似たようなものだ。容貌《ようぼう》が損なわれたことで心を閉ざしてはいるが、彼女は話が通じるし、厳格ではないぶん呂貴妃よりも付き合いやすくさえある。

だから逆に思うのだ――なぜ、自分だったのか？　と。

そうだ。翠珠が青巒と話すことができたのは、あくまでも青巒が普通だったからだ。翠珠に特別な人の心をつかむ才があるわけではない。それなのに自分が人たらしのように言われるのは心外だし、どうかしたら分不相応という薄気味悪さもある。

初対面の件も、話を聞けばただの偶然だった。

青巒は生垣の山茶花《さざんか》を観に、あの場を訪れていたのだそうだ。滅多に外に出ない彼女の年一の恒例だという。しかし今年は盛りには少し早かったと苦笑交じりに語った。

翠珠の予想通り、門前までは輿《こし》を使ったとのことだった。そこからは乳母と古株の宦《かん》官《がん》以外を下がらせ、蓋頭《がいとう》を外して山茶花を観賞していた。薄い紗《しゃ》とはいえ布越しでは、せっかくの山茶花をじっくりと観ることができないからだ。ちなみにこの宦官は、青巒の乳母とは対食《たいしょく》（夫婦）の関係にあるそうだ。乳母は寡婦で、夫と子供をやはり痘瘡で亡くしたという話である。そのあと同僚だった宦官と再婚した。

もろもろの話を聞けば、翠珠が指名されたことは偶然が重なったにすぎない。ならばこの役割は貞医局長のほうが適任だったのではという気がする。

「重いなあ……」

「なにがだ？」

声がした先を見ると、扉を背に夕宵が立っていた。近頃は彼を見かけるのも珍しくなくなったが、用もなく来ることはない。

「鄭御史、なぜここに？」

「私も山茶花殿に呼ばれたんだ」

「はい？」

目を瞬《しばた》かせる翠珠の傍まで来ると、夕宵は「長公主さまが、痘苗《とうびょう》の盗難の件で話があるそうだ」と言った。

「それって警吏局の管轄じゃないですか？」

「ではあるが、警吏局の人間では後宮内の長公主さまへの謁見は叶《かな》わない。管轄組織として御史台に話が来たのだろう」

だったらなぜ自分が青巒に会うことができるのかと、理屈で考えれば矛盾する。警吏局の官吏と医官は、役人としては同程度の立場ぐらいだと思う。となれば青巒が後宮外にでも住んでいたのなら、警吏達も謁見が叶ったかもしれない。

「そうですか、遠いのに大変ですね」

「君が七日に一回の診察をするかもしれないと言っていたから、もしかしたら今日だったかなと思って寄ってみたのだが」

実は山茶花殿からの帰路の途中で、そのことを夕宵に話していたのだ。青巒から担当の変更を依頼されたこと。上層部の判断次第だが、貞医局長がほぼ診察ができていない現状を考えれば、おそらくその通りになるだろうと。

「あ、はい。この薬ができたら、お持ちする予定です」

「やっぱりそうだったな。じゃあ一緒に行こう」

「え？」

声をあげた翠珠に夕宵は、ちょっと気まずげな顔をする。

「都合が悪いか？」

「あ、いえ……」

翠珠は思いっきりかぶりを振る。

「そんなことはないです……もう、薬も仕上がります」

間のよいことに、砂時計の砂は残りわずかである。

夕宵はぱっと顔を輝かせた。驚くほど素直に喜びが伝わってくる表情だった。

「よかった。では、待っているよ」

朗らかな夕宵の声が、耳介を通して頭の中を熱くする。

おかしい。自分は人付き合いがうまいはずなのに、なぜこの人にはこんなに緊張するのだろう。


「減刑ですか？」

帳《とばり》のむこうから告げられた青巒の要求を、夕宵は訝《いぶか》し気に繰り返した。

七日振りに訪れた山茶花殿の居間は、前以上に濃く水煙草の薫りがただよっていた。

しかし翠珠に、もはや禁煙を勧める気持ちはなかった。

「そうです。役夫は確かに浅はかではありました。けれど天花が怖いのは誰しも同じ。その者の愚行が恐怖に耐えかねてのものならば、恩情を与えてやりたいのです」

青巒はこの一件を、彼女の薬を運ぶ宦官から聞いたのだという。錠少士はいま飛び込んできた報《しら》せのように言っていたが、実際には上の者達にはすでに伝わっていたようだ。女官や宦官当人が患者ということもあるので、杏花舎への彼らの出入りは実はかなり頻繁だった。杏花舎で聞いた噂話が山茶花殿に仕える者の耳に入っても不思議ではない。

「長公主さまの慈悲の御心、感銘の念に堪えません」

仰々しく述べたあと、夕宵はあらためて告げる。

「ですが残念ながら、この場で私の一存で決めることはできません。その旨は上に伝えて取り計らってもらうように尽力いたします」

堅物の夕宵が渋い顔もせず、あっさりと同意したことに翠珠は驚いた。そもそも御史台の仕事はあくまでも真実の追求で、動機や状況を鑑《かんが》みて酌量を加えるのは、裁きを下す大理寺の仕事である。しかし青巒の身分を考えれば、いくら夕宵でも真っ向から拒絶するわけにもいかないかと考え直す。

「よろしく頼みますよ」

「尽力いたします」

もう一度同じ言葉を繰り返したあと、思いだしたように夕宵は言った。

「今回の件の影響でしょうか？　痘苗の評判が上がって、以前は半信半疑だった民達の間に痘苗に対する関心が高まっているようです」

翠珠は驚いた。

「え、もう市井に広まっているのですか？」

「枯花教からしてみれば、今回の件は冤罪《えんざい》だ。自分達が暴力をふるう団体ではないと街中で訴えたのだろう」

「なんでそんなに情報が早いのですか？　私だって、つい先ほど聞いたばかりですよ」

「今回の件は、太医学校と医官局の管轄なんだろう？　宮廷医局に情報が伝わるのが遅くても不思議ではなかろう。それに取り調べをしていた警吏局だって、いかに枯花教が胡散臭《うさんくさ》くても、無関係だと分かれば謝罪をする」

「それはそうですけど……」

だからといって宮廷医官への情報が市井より遅いのも、なんだかなと思う。医療院勤務のときは毎日外城を通っていたからその手の情報には事欠かなかったが、内廷勤務になってからは宮城と内城の行き来で平日は終わってしまう。

「好ましいことです。民の間に痘苗に対する関心が高まっているのなら、いまこそ普及を促すよい機会ではありませんか」

帳を隔てても分かるほどに青巒は前のめりだが、翠珠は少しばかり閉口した。

痘苗普及の促進はそんな容易なものではない。それが抱える様々な課題は、前回の訪問のときに話したはずだ。

「上の方々が、どのように判断なさるのかは分かりません」

翠珠は曖昧《あいまい》に返答をごまかした。

「厘の確率での危険性は、よくよく説明したうえで接種を希望する当人の判断に任せるしかありません。実際に王府の方もそれは承知で接種を希望したのでしょう？」

「さようにうかがっておりますが……」

「それでも彼等が接種を希望したのは、天花に罹《かか》ってしまえば半数近くの者が命を落とすからでしょう。しかも何年かに一度はかならず流行する病なのだから、生涯に遭遇しない者のほうが少ない。その間ずっとおびえて暮らすぐらいなら、匣の危険性を受け入れる者のほうがきっと多いはずです」

一息に喋《しゃべ》ったあと、青巒は帳の向こうで胸を抱えるようにして身をかがめた。聞こえてくる息遣いが荒い。肺痿《はいい》の状態にある者があんな畳みかけるように話したらこうなることは分かっていた。

けれど翠珠は止めることができなかった。青巒の情熱があまりにもひしひしと伝わってきて圧倒されてしまっていた。医師としては怠慢なのかもしれない。けれど自身の病に対して積極的な治療を望まぬ難治性の病の患者に、目先の健康を訳知り顔で訴えることは医師の自己満足でしかないのではないか。

やがて青巒の呼吸音が少しずつ落ちつきはじめる。その間合いで乳母が差し出した茶を飲み干してから、ふたたび青巒は口を開く。

「痘苗接種にかんして、費用が足らぬのなら私が出しましょう」

「え？」

「慈善事業の一環として、呂貴妃に話してみましょう」

社会への奉仕活動、慈善事業は皇后の務めでもある。ただし今上は現在は皇后をたてていないので、それは呂貴妃の仕事となっている。彼女を窓口にしたいという青巒の人選はまちがっていない。しかし――つい最近まで世間とのかかわりを断っていた人間とは思えない積極性と情熱である。

「よろしいのですか？　おそらくですが生半可な額では収まらぬのでは？」

夕宵が尋ねた。翠珠には、経済や経営にかんしてはまったく見当がつかない。ただとてつもない負担となるであろうことは、夕宵の言葉から想像がつく。

「かまいません」

青巒は答えた。

「どうせ私はそう長くは生きられない」

過激な発言に夕宵はぎょっとした顔をする。一拍置いて、彼は答えを求めるように翠珠を見る。翠珠は反応を示さなかった。青巒の詳しい病状について、翠珠は夕宵には教えていなかった。夕宵が御史台の捜査内容を詳しく話さないのと同じことだ。

「亡き父帝の心遣いで多少の資産は持っています。けれど私には受け継がせる子供もいない。ならばこの機会にそれを世のために投じることができるのなら、慈悲深き名君と誉れ高かった父帝も私を褒めてくれるでしょう」

自身の思いを切々と青巒は語った。

翠珠は先帝の政治的な業績はよく分からない。けれどこの国に女医制度を定め、それまで度が過ぎた貞操観念を理由に、医師の診療を受けられなかった婦人達を救ったことは知っている。加えて男子も含めてさほど高くなかった医師の地位を底上げした。しきたりや因習にとらわれずに改革を進めたことが、のちの医術の発展にどれほど貢献し、病に苦しむ人達を救ったことだろう。

青巒の発病の責を取って当時の宮廷医官達が左遷となったような話を聞いていたが、あれもその前の時代であれば誰かしらは処刑されていてもおかしくなかった。

先帝はいま活躍している数多《あまた》の医師達からすれば、尊崇すべき名君だった。

その娘である青巒が、痘苗《とうびょう》の普及にこれほどの情熱を持っている。

——天花で人生を破滅させられた私が、残り少ない人生をその根絶に注ぐ。

——それこそが天花に対する最高の復讐《ふくしゅう》だとは思いませんか。

先日耳にした青巒の言葉を思い出した。

父親の思いは娘に確実に受け継がれている。あきらかに急《せ》きすぎのきらいはあるし、それゆえの危うさもある。けれどそれは、余命少ない青巒が痘瘡《とうそう》に復讐することを生きる活力としているからこそなのだと、翠珠は彼女の情熱に納得した。

荷が重いなどとつまらぬことを気にしてしまっていたが、医師として青巒の病を改善することができぬのなら、せめてその念願を叶《かな》えることの手助けをしたい。ましてそれは痘苗の普及、それによる痘瘡の根絶というこの国の医師たちの長年の悲願につながるのだから協力をしないなどありえないと翠珠は決意を新たにしたのだった。

青巒の動きは素早かった。

翌日には呂貴妃に信書が届き、ひとまず宮廷医局長達が芍薬殿に呼び出された。医局長の定員は三人である。男女各一名と双方を管轄する総医局長だ。しかし現在男子の医局長は欠員で総医局長が兼任している。

とはいえ後宮の仕事はほぼ女子医官の管轄なので、総医局長といえども男性医官が後宮内に入ることは滅多にない。常日頃はなにごとも鷹揚《おうよう》にかまえている総医局長が、呂貴妃の前では貞医局長の横でひどく居心地が悪そうにしていたとのことだった。

夕宵もそうだったが、邪《よこしま》な思惑がない男性にとって、後宮など気を遣うだけでできるのなら避けたい場所でしかないのだ。

医局長達が芍薬殿に滞在している頃、翠珠は調剤室の机で名札を記していた。後宮で処方される薬は複数多岐にわたるから、薬缶《やかん》に薬名と配布先の札をつけておかないと取り違いが起きてしまう。

山茶花殿と記し終えたとき、青巒の乳母が訪ねてきた。今日の薬を受け取りに来たと言うが、いつもはもっと身分の低い宮女や宦官《かんがん》が遣わされていた。いちばんよく見かけるのは、彼女の夫である宦官だった。ともかく翠珠が記憶しているかぎり、彼女が来たのははじめてだった。

「珍しいですね」

「夫が体調不良で……」

「え、大丈夫ですか？　なにかお薬が必要であれば」

　言い終わらないうちに翠珠ははっと口をつぐんだ。薬と聞いたときの乳母の表情が、ひどく不機嫌そうに見えたからだ。

（あれ、なにかまずいことでも言ったかな？）

　先刻の自分の言動を思いおこしてみるが、怒らせるようなことは言っていない。あるいはもともとが陰気な雰囲気の人なので、普通にふるまっていてもそう見えてしまうだけかもしれない。

「お気遣いなく。ただの二日酔いですから」

「あ……」

　なるほどと彼女の不機嫌な顔の理由が分かった。仕事を代わらされた理由が相手の二日酔いとなれば、夫婦だけに同僚よりも腹が立つだろう。

「ただいま医局長達が、呂貴妃さまに呼ばれて芍薬殿を訪ねております」

　煎《せん》じ薬を手渡す際に伝えると、乳母は「存じております」と答えた。

「主《あるじ》の依頼にすぐに反応してくださいました。芍薬殿の御方はまことに誠実なお人柄でございます」

「長公主さまのおかげで、痘苗の普及が一気に進むかもしれませんね」

「……さすれば主も本望でしょう」

そう応じたあと、ぼそりと乳母がなにか言った。虚をつかれた翠珠は、とっさにその言葉の意味を理解することができなかった。まるでその隙をつくように、乳母は調剤室を出て行った。

「え、どういう意味？」

聞き違いかと思ったが、あんな短い言葉にそれもない気がした。いや、どちらかというと発言の内容よりもその物言いのほうに引っかかったのだ。

——いまさら。

主の思いを鼻で笑うかのように乳母は言ったのだ。

そこで翠珠は、あの乳母が前の夫とその間の子供を痘瘡で亡くしていたことを思いだした。なるほど、確かに彼女からすれば、いまさらなのかもしれなかった。

すべての民に痘苗接種をという青巒の希望は、呂貴妃と宮廷医局を通して、医官局のほうにも伝えられた。必要な経費はすべて請け負うという青巒の意気込みに、医官のみならず百官は感動に打ち震えたという。

青巒の協力により、一気に痘苗接種が拡大しそうな気配があった。

もちろん広大な帝国民全員に接種を施すというのは、短期間には不可能な話だ。手始めに景京からはじめることになるだろうというのが大方の見解だった。

「そんな急には無理よ。まずはひとつの地区で集中して接種をして、次の痘苗用の痂皮《かひ》をある程度まとめて採取しないと効率が悪いでしょう」

棚から診療録を取り出しながら紫霞が言った。接種拡大の気運に興奮する翠珠に対しての言葉だった。

「先月の北村と、王府のご子息のぶんでそれなりの量を確保できたと思ったのですが」

「私も痘苗はあまり詳しくないけど……」

言いながら紫霞は机の上で診療録を広げた。産後の栄嬪の様子がぎっしりと書き込まれている。ちらりと目をやると悪露の色調はやや赤みが薄れてきたとなっている。分娩《ぶんべん》後に胞宮から排出される悪露は、最初は鮮血のような鮮やかな赤だが、やがて茶褐色となって終了する。産褥《さんじょく》の回復はまずまず順調のようだ。

「痂皮をそのまま接種するのなら簡単だけど、いまは解毒処理をするからね。そこに相応の時間は必要だから、都で接種を開始するにはもう少し時間がかかると思うわ。もともと在庫が少なかったから、新しく作ることになったわけだし。医官局でも在庫は先日戻ってきた盗品のぶんぐらいしかないのじゃないかしら？」

「じゃあ王府のご子息に接種した分は、そのときの最後の在庫だったのですか」

「そこまでは知らないけど、在庫がないというのをどこから聞きつけてきたのか、栄嬪さまが皇子さまに痘苗を接種させろと喚《わめ》かれて、なだめるのに一苦労したわ」

「うわあ～」

光景が目に浮かぶようで、翠珠は露骨に声をあげた。

そのとき苧麻《ちょま》の内暖簾《のれん》をくぐって霍少士が入ってきた。彼は翠珠と目を合わせたあと、机の前にいる紫霞に気づいて表情をあたふたさせた。人懐っこくて全宮廷医局員の弟のような存在の彼も、この絶世の美女相手にはさすがに緊張するらしい。初々しい反応に翠珠は思わずにやにやして声をかける。

「どうしたの？」

「あ、外廷で聞いてきたのですが、痘苗接種の件、一度保留になるかもしれません」

「え？」

「なぜなの？」

紫霞が眉《まゆ》を寄せる。

「例の戻ってきた痘苗が、元の品ではなかったらしいのです」

「……どういうこと？」

戻ってきた痘苗とは、いうまでもなく役夫に盗まれたものだ。解毒作用を施した、現状では一番安全性の高い品となる。

「別のものにすりかえられていました。まだ確定はできないのですが、もしかしたら強毒性の痘瘡の痂皮の可能性もあるとのことです」

翠珠は絶句した。様々な疑問や可能性があまりにも多すぎて、なにから指摘してよいのか分からない。ただこの段階で確実に言えることは、戦慄《せんりつ》がはしるほどに恐ろしい危険があったということだ。

　医官局ともあろう場所が、一度他人の手に渡った痘苗《とうびょう》を確認もせずに使用することは考えられない。けれどこれが迂闊《うかつ》な町医者や、付け焼刃の知識しか持たぬ素人であれば、なにも考えずに接種させてしまっていたかもしれない。それが解毒処理もしていない強毒性の痘瘡《とうそう》の痂皮だったら――。

「恐ろしい」

　翠珠は声を戦慄《わなな》かせた。過失か故意かを追及する前に、その結果生じかけた惨事を想像して身震いする。

「警吏局が犯人の役夫を追捕《ついぶ》に向かっています。半年の懲役刑として堤防工事の現場に送られたそうです」

「半年？　こんなことをしておいて？　軽すぎるでしょ！」

　怒りから翠珠は声を荒くしたが、刑が決まった段階では強盗とはいえ怪我人はなし。しかも青巒の口添えがあったのだから妥当である。

「でも役夫がそんなことをする意味が分からないわ」

　平生通りに落ちついた紫霞の物言いに、翠珠も冷静さを取り戻す。

　盗難の目的が痘苗接種なら、確かに彼女の言う通りだ。しかしこうなると、その動機はすでに怪しい。

そもそも強毒性の痘瘡の痂皮など、素人が容易に手に入れられるものではない。確かに隔年から三年に一回程度の頻度でどこかで起きている病だが、広い帝国内をそれを求めて探し歩くなど、あまりにも効率が悪い。

しかも痘瘡の伝染力は非常に強烈だ。痂皮が落ちた者からはうつる心配はないと言われているが、その周りにはまだうつす可能性の高い罹患《りかん》者が大勢いる。そんな危険な地域に自ら飛びこむ者などいるはずがない。すでに罹患している者、あるいは痘苗接種をしている者は別だが、いずれにしろよほどの組織力がなければ困難な作業である。

どう考えたって、偶然でも過失でもない。痘苗は故意に、あらかじめ準備していた強毒性の痘瘡の痂皮にすりかえられたのだ。

翠珠は怒りに打ち震えた。

あまりにも悪質すぎる。接種した者が、強毒性の痘瘡を発症したかもしれなかったのだ。そして一人でも患者が出れば、痘苗接種者が少ない現状では多数に拡大することは防ぎきれない。大袈裟《おおげさ》ではなく何千人という人間が命を落としかねない事態だった。

加えてもうひとつの脅威は、痘苗に対する人々の信頼の失墜である。実はすりかえられていたのだと、多くの犠牲者を出したあとで弁明したところで、しょせん言い訳としか受け止められない。少しずつ積み重ねてきた痘苗に対する人々の信頼は地に落ちる。もちろん医官局をはじめとした医術に対する信頼も同様である。

こんなことをして、いったい誰に利があるのか――。

「まさか、枯花教が?」

　まるで翠珠の疑問に答えるような紫霞のつぶやきに、霍少士が声をあげた。

「そうか。あいつらは痘苗の普及に反対していたんだ」

「待って。そのためだけに痘苗をすり替えたというの? 一度痘瘡が発症したら、自分達だって罹患するかもしれないのよ」

「でもあいつらは、自分達の札を持って祈っていれば病に罹《かか》らない、もしくは治ると信じているんでしょう。だったらそんなもの怖がりませんよ」

　霍少士の指摘に、翠珠はぞっとする。つまり役夫は枯花教の手の者で、痘苗普及を阻むために芝居をしたのだ。強毒性の痘瘡の流行の可能性を承知したうえで。

　しかし翠珠がぞっとしたのは、妨害工作に対してではない。札を手に祈っていれば強毒性の痘瘡でさえ退けられると信じている、その常軌を逸した思考に戦慄したのだ。

　動揺する翠珠と霍少士をなだめるように紫霞が言った。

「枯花教だというのは、あくまでも私の思いつきよ」

「そうですね。どういった事情があるのか分からないので、事の真相が分かるまで痘苗接種は見合わせる方向だそうです」

　霍少士の説明は、医官局としてはとうぜんの判断だ。これから扱う痘苗に、どこでどんな作為が加えられるか分からない。どれほど慎重に管理をしていても、犯人が分からないままでは〝いつ、どこで〟の不安は消えない。そんな恐ろしい状況で接種拡大などできるはずがない。

分かっている。けれど悔しくて、翠珠は拳《こぶし》を固くする。

病を恐れぬ思考には不気味さを覚えたが、病を広げる行為には怒りしかない。犯人は自分の行いが何千人もの命を奪いかねない恐ろしい所業だと分かっているのだろうか？

分かっていたのなら鬼畜としか言えないし、分からずにやっていたのなら大罪に値する愚かさである。

「せっかく長公主さまが……」

翠珠は唇を噛《か》んだ。こんな得体の知れぬ悪意で、命をかけた志の中断を余儀なくされるなんて——青巒の無念を想像すると悔し涙がこみあげそうになる。

「落ちつきなさい」

そう言って紫霞が肩に手を置いてくれなければ、本当に泣いてしまっていたかもしれない。

「出端《ではな》を挫《くじ》かれて悔しい気持ちは分かるわ。でもこのまま強行して万が一の事態が起きたら、せっかく薄らいでいた人々の痘苗への疑念がまた強まってしまう。そうなったらこれまでの努力は水の泡よ」

「そうですよ、師姐《シージェ》」

紫霞の説得に霍少士も同意する。

「いまのところ世間で強毒性の痘瘡が流行しているという話はありませんから、急《せ》いて事業を進める必要はありません。なによりも安全第一です」

「——そうよね。あなたの言う通りだわ」

なんとか気を取り直した翠珠に、今度は紫霞が言う。

「この件にかんして、長公主さまへの説明はあなたに任されると思うわ」

現状では青巒と面会ができる医官が翠珠しかいないから、とうぜんだろう。だが真相がなにもわからぬ状況では起きたことを話すしかできない。

「せめて役夫を捕まえてから、お話ができれば……」

「どのみち長公主さまに曖昧《あいまい》なことをお伝えするわけにはいかないから、今日すぐにとは言われないはずよ」

「長公主さまへの次の診候はいつなのですか？」

霍少士が尋ねた。

「一昨日《おととい》にお伺いしたから、五日後かな」

「それだけあれば間に合うでしょう。役夫の行き先ははっきりしているのだから」

「……それもそうね」

日にちを数えて、翠珠は少しだけ楽な気持ちになった。痘苗普及に真摯《しんし》にむきあう青巒には、かけらでも曖昧な情報を話したくないと思ったからだ。

翠珠達の楽天的な期待に反して、役夫は見つからなかった。

痘苗がすり替えられていたという訴えは、まずは御史台に伝えられた。役夫は役人ではないが、医官局という官衙《かんが》の業務にかかわる事件だからだ。早急に堤防工事の現場に追捕《ついぶ》の者達が派遣されたが、彼らが到着した直前に逃亡が確認されたのだという。

この結果は御史台から医官局に報告され、引きつづき捜索を行う旨が伝えられた。そして情報の共有という形で宮廷医局長達にも報告された。その流れで杏花舎全体にもあっという間に広まったのだった。

医局長達に報告に来たのは、夕宵だった。

その足で詰所までやってきた彼は、翠珠をはじめその場に居合わせた錠少士と霍少士にもざっとした経緯を説明した。

「そんな偶然がありますか？」

「偶然なわけがない」

錠少士の疑問を、夕宵はあっさりと否定した。そうだろう。翠珠達でさえ疑うほどに出来過ぎな状況を、なにごともまずは疑ってかかれが信条の御史台官である夕宵がなにも思わぬはずがないのだ。

目を合わせる錠少士と霍少士をよそに、翠珠は問うた。

「ならば件《くだん》の役夫は、やはり枯花教の信者だったのですか？」

「この件が枯花教の仕業であれば、そうだろう。仲間ではなくただの手駒なら、逃亡させるような手間はかけない」

口封じなら、逃がすよりも殺した方が早い。そんな物騒なことを示唆する夕霄に、霍少士が青ざめた顔で尋ねた。

「枯花教って、そんなに簡単に兇殺《きょうさつ》にまで及ぶような組織なんですか？」

つまり仲間でなければ、容赦なく殺《あや》めるような者達なのかということだ。

確かに以前までの枯花教の印象は、そこまで過激なものではなかった。根拠のないことを妄信して騒ぎ立てる、はた迷惑な団体という印象だけだった。けれど今回の痘苗《とうびょう》すりかえの件が起きてから、翠珠の中でその印象はがらりと変わった。

「あたりまえよ。だいたい強毒性の痘瘡《とうそう》を広めようとするなんて、兇殺どころか集団虐殺となにも変わらないでしょ」

苛立《いらだ》ちを微塵《みじん》も隠さない声音に、錠少士も不快な表情であいづちを打つ。

とはいえ札を持って祈っていれば痘瘡に罹らないと信じているのなら、彼等に虐殺未遂の自覚はないのかもしれない。だからこそ、故意に他人を殺めようとする者より恐ろしい。悪意をもって人を貶《おとし》める者より、悪意なく同じことをやる者のほうが、善悪の自覚がないという点では始末が悪い。

「いずれにしても、これで痘苗接種の普及はしばらくお預けね」

錠少士の言葉に翠珠は消沈する。急いで進めなければならない状況ではない。先日霍少士も言っていたが、いまのところ世間に強毒性の痘瘡が発症している兆しはないのだから慎重を期すべきだ。

　頭では分かっている。けれど青巒の志を考えると申し訳ない。

　明日をもしれぬ命ではないが、それでも余命を考えれば、青巒にはそれほどの猶予は残されていない。この報告は、自分が生きているうちに疸瘡を撲滅させたいという彼女の望みに水を差すことになってしまう。

「長公主さま、がっかりなさるでしょうね」

「君を訪ねたのは、それも理由なんだ」

　そう言って夕宵は、懐から書状を取り出した。

「これを青巒長公主さまに渡して欲しい。今回の事件の経緯と詫《わ》び状だ」

　夕宵曰《いわ》く。山茶花殿から出てくる女官や宦官《かんがん》に預けては、ついでのようで詫び状としては失礼にあたる。かといって自分が山茶花殿を訪ねるのは、呂貴妃を介したりと手数がかかってしまう。そうなると報告そのものが遅くなってしまうので、それも申し訳ない。そこで定期的に診候にあがっている翠珠のことを思いだしたのだという。

「もし長公主さまがご希望であれば、私が御前にあがって説明をするともその文には記してある」

　夕宵の説明に翠珠は納得して書状を受け取った。曖昧なことを青巒に伝えるわけにはいかないという紫霞の言葉もあったから、御史台から正式な文書が出たことは助かった。

「承知しました。山茶花殿には午後からお伺いする予定ですので、そのときにお持ちします」

「ありがとう。それでうちの文書を預かってもらうのだから、今日は警護役として内廷警吏官とともに行って欲しい。時間と場所を指定してくれれば迎えをよこすから」

「――わかりました。お待ちしております」

予想外の要請だったが、正式な書状というのはそういうものなのだろう。

それからすぐに夕宵は帰り、翠珠は調剤室に入って煎《せん》じ薬の準備に取り掛かった。翠珠が個人で担当しているのは礼侍妾《じしょう》だけだが、上司から指示された薬も何種類か煎じなければならない。そこに青巒のぶんも加わるので五人分の煎じ薬を作らなくてはならなかった。うち二人は同じ処方なので、種類は三種類なのだが。

薬缶《やかん》を三つ用意して、生薬と水を注ぐ。とうぜんながら二人分の薬を煎じる薬缶は一回り大きなものを使う。炉に火をつけて沸騰してから砂時計をひっくり返す。一人分と二人分の薬缶には沸騰までに時間差があるので、砂時計は別である。

煎じた薬を濾《こ》して、それぞれ新しい薬缶に入れ直す。自分の担当でないぶんは所定の棚に置いて、下男に管理を託す。

作業が終わると、翠珠は外套《がいとう》を羽織って後宮にむかった。

礼侍妾が部屋住みをする紫苑殿の門前では、臙脂色《えんじいろ》の官服を着た宦官が立っていた。見覚えのある顔は、夕宵が手配した内廷警吏官である。夕宵が後宮に入るときはよく付き添っている三十前後の青年宦官だ。待ち合わせ場所に翠珠はここを指定していた。彼の姿を見て、翠珠は小走りに近づいた。

「ちょっと待っていてください。お薬だけ渡して、すぐに戻ってきます」

「お気遣いなく」

内廷警吏官は穏やかに返した。院子《にわ》で掃除をしていた宮女に薬を渡し、あとでうかがいますと伝言をしてふたたび門外に出る。

「お待たせしました」

「急がなくてもよかったのに。こちらの御方の診察はよろしいのですか？」

「礼侍妾さまにはその旨はお伝えしております。気さくな方ですので厳しいことはおっしゃらないでしょう。なにより、もうずいぶんと改善しておられるようなので」

治療をはじめて次の月経には、やはり軽度の気胸の所見は出た。だが腹痛も呼吸困難も以前よりずっと軽かったというので、同じ薬をしばらく続けてみることにしている。

「それはよかった。妃嬪《ひひん》侍妾の中には、だいぶわがままな方もおられますからね」

ちょっと皮肉っぽい内廷警吏官の言い方に、翠珠は忍び笑いをする。誰をさしているのかはおおよそ見当がつく。もっとも翠珠は西六殿の妃嬪侍妾しか知らないので、栄嬪に匹敵する強者《つわもの》が東六殿にもいるかもしれない。

山茶花殿への長い道を行きながら、ぽつりぽつりと言葉を交わす。顔見知りだがあまり話をしたこともない相手なので、なんとなく話題は共通の知人である夕宵のことになってしまっていた。

「前から気になっていたのですが――」

翠珠は切り出した。

「鄭御史は、内廷を管轄することが多いのですね」

数多《あまた》の人間が暮らす内廷で、小さな事件は日常茶飯事だ。それらは内廷警吏局が対応する。しかし深刻な事案は御史台が介入することになっている。翠珠が夕宵と出会った切っ掛けでもある河嬪の事件。そこに関連した呂貴妃、栄嬪、安倫公主の事件は夕宵が担当した。基本的に地位のある人間がかかわる場合は、御史台が介入するのだ。

ただそのすべてを夕宵が担当しているというのも、考えてみれば不自然である。そもそも若い美男子である彼は、後宮の捜査に一番不適任な人材だというのに。

「鄭御史が来てくださると、われわれも助かるのですよ」

内廷警吏官は言った。

「李少士はずいぶんとお若いので詳細は知らないかもしれませんが、安南の獄以降、内廷警吏局は御史台からの信用をいっさい失ってしまったのです」

その話は、以前にもちらりと聞いたことがある。当時の捜査を主導した、現在の御史台長官・沈大夫は当時の遺恨から内廷警吏局をいまでも嫌悪している。捜査のさいに暗殺も辞さないほどの過激な妨害を受けたというのだから、とうぜんだろう。それでなくても世間一般の宦官に対する侮蔑《ぶべつ》の意識は強い。これはあくまでも翠珠の主観だが、その嫌悪は女性よりも男性のほうが強い印象がある。

「お若い鄭御史は当時のことをご存じないうえに元が公明な方ですので、私達に対する疑念や嫌悪を出さずにいてくれるのですよ」

内廷警吏官の説明に、翠珠は納得した。そういえば夕宵は、いまの内廷警吏に対し『後宮捜査における良き協力者』と言っていた。そのうえで『優秀な者、信頼を置ける者も幾人かいる』とも言っていた。

翠珠は自分の横を歩く内廷警吏官の顔をちらりと見た。宦官の特徴というのか、成人男性にしてはふっくらとした柔らかい輪郭の持ち主で、品が良く押し出しのよい人物だ。彼に良き協力者だという夕宵の言葉を伝えたいと思ったが、そのあとの『命を狙われた大夫には、過去のことにはならんのだろう』という発言を思い出して口をつぐんだ。

詫び状に目を通した青巒は、深い嘆息とともに「なんと愚かな連中か」とぼやいた。あからさまに失望した声音に翠珠も胸が痛くなる。帳《とばり》の前で項垂《うなだ》れていると、気を取り直したように青巒は言った。

「けれど誰かに接種をする前に分かってよかったではありませんか。その点はさすが医官局ですね」

「そこは本当に不幸中の幸いでした」

「こうなったからこそ逆に、今後の痘苗の管理に慎重になるでしょう。となれば医官局や宮廷医局から提供される痘苗《とうびょう》に間違いはないと、逆に皆が考えるようになるかもしれません」

強引にも聞こえるが、現実的にそういう場合が多い。不祥事を起こした直後の組織は、綱紀粛正に力を入れている。騒動を起こして客足が途絶えた店は、それにもかかわらず来店してくれた客に感謝をして丁重に扱う。ただし騒動の最中にそんな判断ができるのは、かなり冷静な人達でやはり少数派だ。

「どうですか？　物の分かる者で、誰か接種を望む者はいないのですか？」

「王府のご子息への接種が成功してからは、高官や妃嬪の方々からも子息女のみならず本人の接種希望が相次いでおりました。今回の件を受けてどのように反応なさるのかは分かりません。けれどその前に医官局が中断を決めましたので、とうぶん接種は行われないはずです」

「しかし戻ってきた痘苗は、一度強奪されて外部の者に渡った品。それと医官局で厳重に保管してある物とはまったく話がちがうでしょう。このあと医官局から提供された痘苗接種が滞りなく済めば、信頼は回復できるのではありませんか」

熱心に青巒は訴えるが、そもそも痘苗自体が厘の確率とはいえ失敗することもある代物だ。なにも症状が出ない無反応という失敗ならよいが、強毒性の痘瘡《とうそう》を発症して接種者のみならず周囲にも広がってしまうという大惨事を引き起こす場合もあるのだ。そんなことになったら接種の気運も信頼もたちまち失墜してしまう。

そのあたりの危惧《きぐ》を説明することぐらいは翠珠にもできたが、青巒の提案をはねのけられる立場にも、ましてそれを医官局に訴え出る立場にもない。

「そのあたりは上の方々が判断なさることですので、私の立場ではなんとも……」

曖昧《あいまい》に返答をぼかすと、一拍置いてから青巒は「そうね」と苦笑した。

「悪かったわ。私もちょっと熱くなりすぎたようね」

「いいえ。お力になれずにすみません」

「あなたは精一杯やってくれていますよ」

言葉だけは朗らかに青巒は返した。

「この件にかんしては、私が医官局に直接書状を書くことにしましょう。ほんとうにあなたがよくやってくれるから、まだ少士だということを忘れていたわ」

寸前の翠珠の困惑を察してくれたような言葉にほっとしながらも、同時に青巒が、医官局の決定に納得していないことも伝わり、複雑な思いを抱く。

知り合ってから話をするたびに、青巒の痘苗普及への情熱を痛感する。痘瘡によって人生を変えられてしまった彼女は、その復讐《ふくしゅう》として痘瘡の根絶に余生を捧《ささ》げるつもりでいるのだ。

その間合いで乳母が茶を持ってきたので、話を中断して一服した。

常と同じ無表情のまま乳母が茶を注ぐ。翠珠の顔を見ても、微塵《みじん》も動揺した気配はない。先日彼女が捨て台詞のように口にした〝いまさら〟のひと言などなかったかのような反応である。もしかしたらあのつぶやきは翠珠に聞こえていなかったとでも思っているのだろうか？　あの声量であれば、その可能性は確かにある。

いずれにしろそんな本音を持つ彼女が、どんな心持ちで青巒に仕え、彼女の痘苗普及に対する情熱を聞いているのか。生気に乏しい顔貌はあらゆる感情を失った人のようで、その心持ちをうかがうことはできなかった。

青巒は茶を飲まずに水煙草を燻《くゆ》らせている。立ち上る白い煙が帳越しにも見えた。茶を飲んでから、翠珠は少し話題を変えた。

「それにしても、枯花教の目的はなんなのでしょう」

「痘苗の普及に反対しているのではないのですか？」

「だとしても、天花の流行も辞さないというのはいくらなんでも怖すぎます」

札を手に祈っていれば、自分達は罹《り》患《かん》しないと思っている。だから恐れないのだと霍少士は言っていたが、本当にそうなのだろうか？　そこまで怖いもの知らず、いや、そこまで彼らは愚かなのか？

枯花教の活動が認識されて、十年近くにはなるという。しかし彼らは少し前まではさほど大きな問題は起こしていなかった。確かに流行《はや》り病《やまい》の最中に平気で徒党を組むなどの問題行動はあったが、警吏局に一掃される程度のものだった。それなのに痘苗にかんしてだけは、なぜここまでの過激を働くのか。もっとも、まだ彼等が犯人と決まったわけではないのだが。

「妄信者など、たいていはそのような者でしょう」

考え込む翠珠の頭上に、青巒の声がさらりと降りかかった。

そうなのかもしれないが、翠珠はどうしても解せない。しかし医学的な知識を持つ自分はその方面では人より理論的に考えてしまうから、信仰や熱情が持つ力を理解できないのかもしれないとも考え直す。そもそも現実に在るのだから、理解はできなくても存在は認識しなければならない。

茶を飲み干してから翠珠は言った。

「私がお世話を致しております宮中の方々にも、今回の事情は丁寧にお話をして痘苗に対して誤解が広がらないように努力します」

「頼みますよ」

翠珠は一礼して、山茶花殿を辞した。その足で今度は西六殿の紫苑殿にむかう。夕宵がつけてくれた内廷警吏官は、翠珠を山茶花殿に送り届けたところですでに戻っている。

頰を切るような冷たい空気の中、うんざりするほどの数の回廊と宮道を歩いて紫苑殿に入る。礼侍妾《じしょう》が住む廂房《しょうぼう》の戸を叩《たた》くと秋児が出てきた。

「いらっしゃい、李少士」

「すみません。先ほどはすぐにお寄りできなくて」

「いいのよ。長公主さまがお相手ではしかたがないわ。それより侍妾さまはきちんとお薬をお飲みになったわよ」

などと会話をしながら奥に進み、宮女に外套《がいとう》を預けて居間に入る。窓際では花梨《かりん》の長椅子に腰かけた礼侍妾が焼き菓子をかじっていた。白磁の茶杯からは淹《い》れたての茶が白い湯気を立ち上らせている。礼侍妾は翠珠の顔を見るなり、菓子を手にしたまま身を乗り出した。

「ね、痘苗の接種は中止になってしまったの？」

「……どうしたのですか？　いきなり」

これまで礼侍妾が痘苗の話題を口にしたことはなかった。ただどこからか耳にしたという青鸞の状況にはいたく同情し、痘苗接種の普及に彼女が意欲を燃やしていることを聞いて『できることがあれば協力したい』と感慨深げに言ったぐらいだ。

「栄嬪さまが、だいぶんおかんむりだったらしいのよ。皇子さまに接種させたかったらしいけれど、これで駄目になったから。第四皇子さまを傍に置いている順嬪さまがたくらんだにちがいないと言っているらしいわ」

相変わらずだと呆《あき》れつつも、まだ産褥期《さんじょくき》なのに元気な人だと半分は感心する。

「第四皇子さまも、呂貴妃さま所生の第三皇子さまも安倫公主さまもとうに接種していらっしゃるでしょう。だから私の皇子だけが、ということらしいわ」

色々と突っ込みどころのある栄嬪の主張に、もはや苦笑いしかでない。嬰児《えいじ》に痘苗接種などできるはずがない。紫霞が何度も説明しているはずだが、我が強い栄嬪は納得していないようだ。これは紫霞もさぞ鬱憤《うっぷん》がたまっていることだろう。そんな簡単なことがなぜ分からないのかと不思議だったが、この口ぶりではどうやら礼侍妾も知らぬようだ。医師の間では常識でも、そうではない者には想像もしなかったということは往々にしてあるのだろう。

「それにしても宗室の方々は、痘苗の接種率が高いのですね」

「そうなのよね。ほとんどのお子さま方が受けておられるのではないかしら？　皇太子さまも接種なさっておられるそうよ」

それは聞いていなかった。皇太子は二十歳を越しているから、その当時には痘苗の安全性はだいぶ担保されていたということなのだろう。そうなるとますますのこと青巒の状況が不憫《ふびん》である。彼女がもう少し遅く生まれていたら、あのような無残な後遺症を残すことはなかっただろうに――。

「ね、私も受けられるかしら？」

礼侍妾が言った。

「痘苗をですか？」

「ええ。失敗する人がいることも分かっているけど、確率を考えればやはり受けた方がよいのかと思って。それに李少士も受けているのでしょう？」

「私は母親が医師ですので、わりと早いうちに接種しました」

「受けた人の全員が元気なのだから、毎年天花におびえるよりも絶対にいいわ」

礼侍妾は意気込むが、いまのところ医官局は痘苗接種は中止している。宮廷医局もとうぜんその方針にしたがっているから、宮中で接種はできない。その旨を説明し「孫嬪さまの許可も必要かと」と言うと礼侍妾は不満げに頰を膨らませた。接種を断られたことより孫嬪の許可というのが煩わしいような反応だ。

「それと婦人の場合、懐妊の可能性があるときは基本は接種しません。天花が大流行しているような切羽詰まった場合は別ですけどね」

「この間、月のものがあったばかりだから、いまなら大丈夫なんだけどなあ」

などと礼侍妾はぼやくが、さすがに安全性を盾にされてはそれ以上言い張ることはしなかった。色々と子供っぽいところはあっても道理はわきまえている人なのだ。傍若無人な栄嬪を担当している紫霞に比べたら、本当に自分は恵まれているとしみじみと翠珠は思った。

「今回は残念ですが、礼侍妾さまが痘苗《とうびょう》を正しく認識してくださっていることに私は安心しました」

称賛に礼侍妾はちょっと得意げな顔をした。嬰児の接種についてはよく知らなかったようだが、それは彼女が子をもうけたときに理解していればよかろう。

「だってそんなことがあったのなら、医局は必死で痘苗を管理するでしょう。その点でもいまが信頼できるわよ」

「おっしゃるとおりです」

翠珠は首肯した。痘苗を管理しているのは宮廷医局ではなく医官局なのだが、そこはこの場で指摘しなくてもよかろう。ちなみに宮廷で接種が行われるさいは、医官局から宮廷医局に痘苗が輸送される。

（よかった。物の分かった方がいてくれて）

青巒の言葉を思いだして、胸をなでおろしたとき。

脳裡《のうり》にある考えが思い浮かび、翠珠は思わず声をあげそうになった。

──ひょっとして、これは名案ではないか。

もちろん自分一人でできることではないし、そもそも翠珠の管轄ではない。だが夕宵という知りあいがいる自分は、彼に相談ができる。その結果として黒幕の尻尾《しっぽ》を摑《つか》むことができれば、ふたたび痘苗接種の拡大に動き出せるかもしれない。

「どうしたの？」

礼侍妾の問いに、翠珠は物思いから立ち返る。

「いえ、なんでもありません」

「そう？」

「それでは、今日はこれで失礼します」

思いつくと気もそぞろになる。興奮を抑えつつ、翠珠は礼侍妾に暇《いとま》を告げて紫苑殿を出た。

内廷と外廷をつなぐ門は複数あるが、身分によって使用できる場所は定められている。医官が使う場所は杏花舎に近い西内門だ。これは便宜上の呼び名で、正式には難解な文字を使った名称があるのだが、医官は誰も使っていない。

その西内門を抜けたところで、土塀の前で立ち話をする夕宵と内廷警吏官に気づく。杏花舎に近いというだけで医官専門の門ではないから、宦官《かんがん》や他の官吏の利用も多い。これはなんという幸運かと翠珠はいそいそと足を進める。紫苑殿を出てから、どうやって夕宵に連絡を取ったものかと実は悩んでいたのだ。彼はちょいちょいと杏花舎に足を運んでいるが、そういえば翠珠から彼を訪ねたことはなかった。

「鄭御史」

呼びかけに夕宵と、内廷警吏官が同時に顔をむける。内廷警吏官は山茶花殿まで翠珠に付き添ったあの宦官だった。翠珠は背筋を伸ばした。

「先ほどはありがとうございました」

「いいえ。いま、お戻りですか？　ずいぶんと長居なされたのですね」

「礼侍妾さまのところにも寄りましたので」

「ああ」

相槌《あいづち》をうつ内廷警吏官の横で、夕宵も納得顔をしている。内廷警吏官との待ち合わせ時間は夕宵を介して決めたので、翠珠の滞在時間もおおよそ見当がついたのだろう。

「長公主さまはなんと仰せだった？」

「御史台からの詫《わ》び状を読んで、納得はなさったようです。そうは言っても失望はしておられましたが」

「そうか……」

夕宵は眉《まゆ》を曇らせる。

「申し訳ないが、万全を期すためにはしかたがない」

「いまがいちばん痘苗の管理が厳重になされているのだから、逆に安全かもしれないのにと長公主さまは仰せでした」

「え、それはどういう意味ですか？」

内廷警吏官が尋ねたので、翠珠は青巒が言ったことを説明した。そのうえで彼女が誰かに接種をさせて、人々の疑念を解くことを望んでいたとも話した。

「私達を責めるようなことを仰せにはなられませんでしたが、今回の中止はやはり無念とお考えなのでしょう」

「しかし中止といっても一時的なものですから」

「それはもちろん、長公主さまもご承知です」

この翠珠と内廷警吏官のやりとりを、夕宵は気難しい表情のまま聞いていた。彼も青巒の余生について知っているはずだが、あくまでも大まかな感じだからこの執着にはちょっと違和感を覚えるのかもしれない。

「あの、鄭御史」

遠慮がちな翠珠の呼び掛けに、夕宵はすぐに反応する。

「ん、なんだ？」

「素人の思いつきなのですが」

夕宵も内廷警吏官も少しばかり胡散臭《うさんくさ》い顔をしたが、自分が口にした言葉を考えればいたしかたない。

「痘苗接種を再開してみたらどうでしょうか？」

「は？」

二人が声をあげたのは同時だった。そもそも夕宵への提案としておかしい。青巒の意見を受け入れた結果だとしても、その判断は医官局がすることだ。

「それは私に言われても……」

「本当に接種をするのではなく、囮《おとり》です」

だから夕宵に言ったのだ。痘苗接種の再開の可否や時期は、医官局の偉い人が決めることだが、痘苗をすり替えた犯人をおびきよせる手段を講じるのは御史台の管轄だ。

「なるほど」

合点がいった顔でうなずく夕宵に翠珠は驚いた。まだほとんど説明していないのに、すでに翠珠の意図を察しているらしい。

「あの、どういうことですか？」

内廷警吏官が尋ねた。これが普通の反応だ。

「痘苗接種を再開すると大々的に告知をすれば、犯人はまた痘苗をすり替えようと忍びこむかもしれない」

「そのとおりです」

「ああ、それで犯人をおびきよせるということですね」

「それに宮中で実施すると喧伝《けんでん》すれば、どうしたって内廷に入りこんでいる者達が動くだろう。やつらの尻尾を摑むには良策だな」

うんうんと夕宵はあいづちをうつ。正直、場所までは考えていなかった。しかし舞台として選ぶのなら、確かに宮中は適しているかもしれない。官衙《かんが》街にある医官局では、多数の仲間を犯行に動員する危険がある。必然騒ぎが大きくなる。しかし出入りが制限される宮中であれば、いま中にいる者が動くしかない。

そこで翠珠はふと疑問に思う。

──そもそも枯花教の者達は、どうやって内廷に入り込んだのだろうか？

枯花教の息のかかった者達が、宮中に入り込んでいる──その夕宵の警鐘をあたりまえに受け止めていたが、後宮という世間から隔絶された管理の厳しい空間に、枯花教のような世間に流布する怪しげな教えが伝わるのは不自然である。

となるとひと月ふた月前に急に入り込んだというより、以前からひそかに信仰、あるいはかかわっていた者がここにきて動き出したと考えるほうが自然ではないか。なにげない日常の会話に、さりげなくその情報を差しこみ、じわじわと後宮内に広がっていった。だから青巒のように閉じこもって暮らしていた者でさえ、枯花教の存在を知っていた？

となれば、やはり青巒の乳母の顔が思い浮かぶ。

痘苗《とうびょう》普及にかんして、いまさらと冷ややかな言葉を口にしていた彼女は、前の夫と子供を痘瘡《とうそう》で亡くしている。家族を救うことができなかった医術に対して不審を抱いた結果、枯花教に傾倒したとしても不思議ではない。

けれどそうであれば、枯花教を非難していた青巒との関係が不自然すぎる。

夫と子供を失い、他にいくところがなかったという事情等があるのかもしれないが、痘苗普及に余生を捧げている青巒にどんな思いで献身をしていたのか。あるいは青巒や翠珠の枯花教に対する非難を聞いていたのか。表向きは従順を装いつつも枯花教に傾倒していたのなら、まさしく面従腹背である。

そこで翠珠は少し前から自身の中に芽生えはじめていた疑念を思いだした。

強毒性の痘瘡を拡大させかねない痂皮《かひ》とのすり替えはあまりにも悪質すぎる。犯人の目的が痘苗の廃止だけなら、もっとちがうやり方があるだろうに。

枯花教という団体は、本当にそこまで過激な思想を持っているのだろうか？　十年も前から活動をしていたというが、厳しい処分を下されるほどの不始末はこれまでおこしていなかった。陶警吏の子供達の件だって、結局は無関係だった。そもそもそんな過激で危険な団体であれば、いくら地方出身の翠珠だって耳にしていたはずだ。だが翠珠が彼等の存在を知ったのはつい最近である。

これまでの彼等の活動と、今回の件の悪質さには整合性が取れない。札を持って祈っているから、自分達は病に罹《かか》らないと本当に信じている。そのうえで病に罹った者も祈れば治癒すると考えているのなら、さほど良心は咎《とが》めないのだろうか。そう考えても違和感が消せない。となると必然のように、ある疑問にいきつく。


——彼等は本当に、同じ者達なのだろうか？


仮に同じ団体だとしても、一部に過激に走る一派がいることも考えられる。その者達が痘苗を廃止するために、こんな悪質な手段を考えて暴走したのかもしれない。

もちろん誰の仕業であろうと、信じがたい暴挙にはちがいない。妄信者などそんなものだと青巒は言ったが、やはり翠珠は納得できない。

「李少士」

夕宵の言葉に翠珠は物思いから立ち返る。

「君の提案を煮詰めてみるから、返事はもう少し待ってくれ。実行が決まったら、君にはきちんと説明をする。どのみちこの提案を遂行することになったら、医官局と宮廷医局の協力が不可欠だからな」

杏花舎に犯人を忍び込ませるなら、少なくとも宮廷医局との連携は不可避であろう。

素人の思いつきが、御史台による現実的な策略に変貌するかもしれない。これで痘苗普及への妨害工作を阻める。青巒はきっと喜ぶだろう。そのいっぽうであの乳母がかかわっていた場合、彼女が受けるであろう衝撃を考えて翠珠は胸が重くなった。

宮中の山茶花《さざんか》がおおかたその花弁を散らした年末、紫苑殿の礼侍妾《じしょう》に痘苗接種の許可が下されたことが公表された。先日までの全面的に見合わせるという通告から一転したこの判断は、本人の強い希望を汲《く》んでのものだった。

もちろん囮捜査のための虚偽である。

ただしそれを漏らしてしまっては意味がないから、女官や宦官《かんがん》、そして医官達にも平然と伝えられている。呂貴妃と孫嬪には貞医局長が事情を説明し、礼侍妾の協力を得ることに許可を得た。ちなみに彼女達には、犯人が宮殿内にいるかもしれないとだけ伝えたそうだ。

外廷側の偉い人達への根回しは、夕宵を通して沈大夫からなされているらしい。このあたりは非常に入念に準備したという話だが、詳しくは聞いていない。

そうやって状況を整え、医官局から宮廷医局に痘苗が納入されたという情報を、まずは杏花舎内に流す。事情を知らない医官達は大きな期待とわずかな不安をにじませつつ噂をする。

「礼侍妾さまへの接種が成功すれば、汚名を雪《そそ》げるわね」

「そもそも前回は襲撃されてすり替えられたのだから、ある意味で不可抗力だ。だが今回は話がちがうよ。きっちりと警護したうえで持ちこまれた品なのだから、奸賊《かんぞく》が手を出す隙などないよ」

礼侍妾のための痘苗が納品されたという話題は、医官の他、杏花舎に出入りする女官や宦官等の口を通して瞬く間に後宮中に広まっていった。

杏花舎に忍び込んだ宦官が捕まったのは、わずか二日後だった。

痘苗が入った（とされる）薬壺《やっこ》の中身を取り替えようとした現場を、待ち伏せしていた夕宵の部下が取り押さえたのである。宦官は山茶花殿所属の、乳母の夫だった。彼は頻繁に青巒の薬を取りに来ていたので、杏花舎の構造には詳しかった。そのうえ翠珠が親切を装って痘苗の保管場所を教えたりしていたから、迷いなく棚にむかっていったということだった。

『長公主さまの念願をかなえる第一歩ですね』

などと笑顔で言ってのけたのだから、自分もそうとうの狐狸《こり》である。

取り調べに対して宦官は、接種目的で盗んだとの主張をつづけていると、杏花舎を訪ねてきた夕宵が教えてくれた。律儀な彼は逮捕後の経過をきっちりと報告に来てくれたのだった。

「もう少し気が利いた言い訳は考えられないんですかね」

翠珠は呆れかえった。痘苗を盗もうとしただけなら、その言い訳も通じる。しかし彼は中身をすり替えようとしていた。調査結果はまだ出ていないが、これが強毒性の痘瘡の痂皮であれば、そんな言い訳は通用しない。

「まあ、嘘だろうな」

夕宵は渋い顔でぼやく。

「このまま埒《らち》があかぬのであれば、妻のほうも取り調べねばなるまい。しかし長公主さまの乳母だから、許可取りには苦心しそうだ。なにせ証拠があきらかな宦官に対してさえ、酌量を願いでているぐらいだからな。妻の取り調べなど、とうてい応じまい」

「彼女のほうこそ、主犯かもしれないのに」

乳母が枯花教の信者ではないかという疑念は、夕宵にはすでに話している。とはいえ証明は難しい。札を持っているなどの分かりやすい物証があればよいが、青巒の事を考えれば強引な捜査は難しい相手だった。

乳母は無口ではあるが、はた目にも青巒によく仕えていた。翠珠が訪室したときはかならず傍に控え、咳《せ》き込んだりとなにかと体調を悪くしがちな主人を気遣っていた。痘苗普及という自分の志を妨害しようとした宦官を青巒がかばうのは、彼との主従関係以上に乳母の夫という立場ゆえであろう。その乳母こそが、自分の志を阻む枯花教の信者だとしたら、彼女の受ける痛手はそうとうなものだろう。

これまで翠珠は青巒に、痘苗の効能について細かく説明してきた。乳母はその話を傍らで聞きつづけてきた。にもかかわらず、今回の件に乳母がかかわっていたのなら――。

（つまり、私の話をまったく信じていなかったということね）

想像もしたくないが、彼女の思惑通りにすり替えられた痂皮により景京で痘瘡が猖獗《しょうけつ》を極めたとしよう。はじめのうちこそ痘苗のせいだと非難されるだろうが、実際に正しく痘苗を接種した者が罹患《りかん》せずに無事でいたのなら、かならず評価は変わってくる。その点においては、医師達は絶対の自信と確信を持っている。

そうなれば痘苗を廃止するという彼らの目的は、結果的に果たされないことになってしまう。長い目で見れば彼等にとって悪手になりかねない。痘苗の効能を少しでも信じているのなら、廃止のためにこんな手段はとらない。

そこで翠珠は、ふと思いつく。

逆に痘苗接種を推進する側からすれば、目的が果たされる。人工的に引き起こされた痘瘡による数多《あまた》の犠牲者と引き換えに――。

瞬間、背中を冷たいものが駆け上がった。

「まさか……痘苗を普及させるために？」

「私も、その可能性はちらりと考えた」

翠珠は息を呑《の》む。思わず口にした常軌を逸した推測に、夕宵があっさり同意したことに驚いたのだ。

だが、これでここまでの彼の行動が腑《ふ》に落ちた。だから夕宵は、わざわざ煩雑な手続きを踏んでまで青巒への拝謁を求めたのだ。一回は青巒側も望んでのことだったが、二度もその機会を得たうえでなお、先刻も翠珠に書状を持たせて、場合によっては自分が直接参上すると言って三度目まで試みようとしていた。

それは夕宵が、早い段階でもしもの可能性を考慮していたからだ。

翠珠の口を通して、痘苗を普及させて痘瘡を撲滅させたいという青巒の希望を聞いたから、もしかしたらそのために痘瘡を蔓延《まんえん》させようとしたのではないか、などと常識では信じがたい可能性を。真実を追求するために、万事に疑念を持ってかかる御史台官らしく。

そしてこの恐ろしい仮定が成り立つとしたら、乳母が主《あるじ》の願いを叶えるための独断で行ったというのはさすがに不自然である。むしろ誰よりも痘苗普及に情熱を燃やしていた青巒が指示したと考えたほうが自然だった。

翠珠は身を強張《こわば》らせた。そんなふうに身体は動かないのに、鼓動ばかりが信じられない程に速くなっている。

「だが、さすがにそれはやりすぎだろう」

ぽつりと夕宵がつぶやき、一気に緊張が緩んだ。

そうだ。いくら青巒の痘苗普及への願いが切であっても、普通はそんな恐ろしい考えにはいたらない。まして彼女は痘瘡の恐ろしさを身をもって知っている。

「そうですよね。あの長公主さまが、そんな恐ろしいことを考えるわけ――」

自嘲《じちょう》的に言った翠珠だったが、自分にむけられる視線に気づいて口をつぐむ。夕宵が、まるで哀れむような眼差《まなざ》しを向けていたのだ。

言いようのない不安が胸にこみあげる。

「あの……」

「李少士」

おもむろに夕宵が呼び掛けた。翠珠は表情を硬くする。なにか言おうとして、夕宵は一度唇を結んだ。とっさに聞きたくないと思った。言いにくいことならば、つまりは心が痛む内容にちがいないのだ。

しかし聞かないわけにはいかないようだ。うっかりとはいえここで青巒の名を出してしまった段階で、すでに翠珠は逃げることができなくなっていたのだ。

「なんでしょうか？」

腹をくくって応じると、今度は夕宵が気まずげな顔をする。だがすぐに彼も表情を取り戻し、冷静な口ぶりで事の次第を語りはじめた。


抑揚のない口調で語られた夕宵の話は、簡潔で非常に分かりやすかった。

にもかかわらず、話を聞き終えた翠珠はひどく混乱していた。

もしも彼の仮説が真実であれば、自分はいったいどうしたらよいのだろう。一人でも多くの人間を救うために、一日でも早く痘苗接種が普及して欲しい。そしてこの世から天花を撲滅したい。そんな青巒の意志を信じていたから、彼女が感染拡大を目論《もくろ》んだという恐ろしい可能性が頭をよぎった。

理由がなんであれ、常軌を逸していることにまちがいはない。

けれどそのほうが、いまとなってはまだ救われる気がした。なぜならそれ以外に、青巒の行為に擁護や救いを求める理由が思い浮かばない。

他になにがある？　痘瘡を拡大させ、何千何万という人間の命を奪いかねない惨事を企《たくら》む理由など——。

「すみません、こちらに鄭御史はいらっしゃいますか？」

呼びかけに翠珠は我に返る。扉のむこうにいたのは、内廷警吏官だった。彼は部屋に入ると小走りに夕宵の傍まで来て、ひそめた声で言った。

「令状が出ました。これで山茶花殿に入れます」

青巒の身分や面会にさわりがあることを考慮し、夕宵は翠珠に同行を依頼した。気は重いがどうあっても青巒の本意を聞かねばと思ったので、なかば義務のような気持ちで同意した。

そうしていま山茶花殿の居間にいる。前庁では数名の内廷警吏官達が、乳母と宦官《かんがん》も含めてかき集めてきたこの殿の使用人達を見張っている。居間に残っているのは青巒、そして翠珠と夕宵の三人だけだ。

　青巒が燻《くゆ》らす水煙草の白い煙が帳《とばり》の隙間から流れてきて、翠珠の頬をなぶる。話す距離は、これまでにないほどに近づいていた。青巒が大きな声を出すのが辛《つら》いからだと言って間近に呼び寄せたのだ。それゆえぼんやりとではあるが、彼女の膨れ上がった顔形をうかがうことができた。

「それで、いつから私を疑っていたのですか？」

　おびえたふうもなく青巒は尋ねた。対して夕宵もきっぱりと答える。

「近年のことです。警吏局はかねてから枯花教に不審を抱いていました。かつては取るに足らない巫覡《ふげき》の集団であったのに、その頃からとつぜん金回りがよくなって急速に信者を増やしていきましたから。有力な支援者がいることがあきらかでした」

　自分がかかわるようになったのは昨年からですが、と夕宵は付け足した。彼の年齢を考えればもちろんそうだろう。

「ですが資金を得た枯花教の活動は、そのほとんどが善行でした」

「ならば何年にもわたって注視をつづける必要はなかったのでは？」

「だからこそ怪しかったのです」

　夕宵は言った。

「支援者の目的が純粋に善行なら、枯花教のような得体の知れない輩《やから》を支援せずとも、寺や慈善団体などもっと真っ当な組織があるはずです。支援者が名を出さないのだから売名目的ということも考えられない」

帳のむこうから白煙が絶えず同じ調子で流れてきていた。追及を受けながらも青巒は息遣いひとつ変えていないのだ。

「資金の出所が長公主さまだと突き止めた警吏局が、御史台に上申をしたのは二年程前のことでした」

「そのときに、なぜ動かなかったのですか？」

「悪事も罪も犯していない。ただ行動に不審があるというだけで、長公主の身分にある方に詰問などできるはずがありません。ましてあなたさまは他人との面会を拒絶しておられた。相応の理由がなければ山茶花殿に入ることはできない」

「ならば私が李少士を呼び寄せたことは、渡りに船だったというわけですね」

鼻で笑う青巒に、夕宵は言葉を詰まらせる。さすがに翠珠を前にその言葉を肯定するのは調子が悪いだろう。あるいは青巒のいまの発言は、翠珠と夕宵の双方に対するささいな嫌がらせなのかもしれない。思いかえしてみれば枯花教にかんして説明をしたとき、夕宵は今のような疑念は微塵も匂わせていなかった。

「お気になさらず」

翠珠は言った。

「御史台官のお仕事はそういうものですから。私だって仕事上で知った患者の内情など、鄭御史に伝えていないことは山のようにあります」

淡々と述べる翠珠に、夕宵は安堵《あんど》とも拍子抜けともつかぬ顔をする。彼の公明正大な人柄は御史台官としてふさわしいが、こんなことに心を痛める誠実さは少し気苦労が多そうで気の毒になる。

気を取り直して夕宵は話をつづけた。

「もちろん長公主さまの状況を鑑《かんが》みて、善行にかんしても人知れずに行いたいというお気持ちの可能性も考えました。けれど昨年、あなたさまが警吏局に対しても援助を申し出たことをきっかけに、その考えにも疑念を抱くようになったのです。そして遠回しにとはいえ、善行を理由に枯花教への捜査の手を緩めてはという要請で確信に至りました」

そういう流れだったのかと、翠珠は枯花教や青巒にかんする夕宵の発言の数々を思い起こして得心する。

「警吏局を油断させる、ないしは捜査の手を緩める手段として、枯花教に善行を行わせたのですね」

この指摘に対して青巒は無言だったが、夕宵の追及は終わらない。

「ですがここ一年ほど、枯花教にあきらかに過激な動きが目立つようになってきた。なんらかの有事を起こそうとしている可能性が懸念されました。特に天花にかんしての挑発があまりにも危険すぎる。集団行動を躊躇《ちゅうちょ》しないことはもとからですが、痘苗《とうびょう》接種への妨害行為や根拠のない風説を説くなど、これは景京という大都市ひとつを廃しかねない危険な行為です」

「……大袈裟《おおげさ》な」

嘲《あざけ》るように青巒は笑った。

「天花なんて、毎年のようにどこかで発症しているでしょう。そのあたりの小さな村なら廃村の危機に陥るかもしれないけれど、この景京に何百万人の人間が住んでいると思っているのですか」

翠珠は耳を疑った。それは何百万人もいるから少々の人間が死んだところで問題はないということではないか。

戦争中だって、そんなことは言わない。

もちろん実際に戦争となれば何千何万の人間が亡くなるし、それを躊躇していたら国家は成り立たない。戦にしろ病にしろ、惨事や潮流で多数の人が死ぬことは防ぎようがないことぐらい翠珠も分かっている。

けれどそれは、何百万人の人間がいるから十人くらいは死んでも問題はないという話ではない。何百万人もいる大方の者は死を恐れぬのではなく、自分はその十人の中には入らないと信じて過ごしているのだ。十人だろうと何百万人だろうと、亡くなった者達の無念が計り知れないことは同じである。

しかし先程の発言が出てくる段階で、どの人間にも自分の命を惜しむ気持ちがあると訴えたところで青巒には通じないのだろう。それこそ石に灸《きゅう》をすえるようなものだ。だからといって、このまま黙っていることに翠珠は我慢ができなかった。

「鄭御史の言葉は間違っていません。むしろ大きな街のほうが、人の流れを防げずに流《は》行《や》り病《やまい》は瞬く間に拡大します」

「罹《かか》ったって生き残れますよ。私みたいになればね」

「……」

絶句する翠珠に青巒は挑発をつづける。

「さあ、そうなったらあなた達はどうするの？」

同じ言葉を以前も聞いた。そのときは静かな物言いだった。すべてを達観して、自分と同じ思いをする者を無くしたいという願いがこもっていると感じた。けれど今回の語調はあのときとはまったくちがう。

「そうなったらどうするの？　あなたは生きていけるの？　外を出歩けるの？」

返事ができない翠珠に、青巒は次々と問いを畳みかけてくる。

反論をしたいという感情はある。けれど衝撃、怒り、失望の様々な感情がたぎって、すぐに言葉が出てこない――しかしそんな混沌《こんとん》とした心のどこかで、あまり興奮させては青巒の息が切れてしまうなどと緊張感のないことも考えていた。

黙したままの翠珠をどう思ったのか、青巒はふいと追及を止めた。いや、一瞬そう感じたがちがっていた。あんのじょう彼女は呼吸を乱していたのだ。帳のむこうからはっと短く荒い息遣いが聞こえてくる。水煙草の煙はとうに消えてしまっていた。

青巒は呼吸を整えるのにかなり時間を要した。あの病状ならとうぜんだろう。さすがに翠珠も心配して駆け寄れるほどお人よしではない。だから夕宵とともになにも言わず、それどころか目配せをすることもなく帳の奥をうかがうしかしなかった。

「長公主さまは、枯花教の信者なのですか？」

青巒の息遣いが落ち着いたところで、翠珠は尋ねた。

「馬鹿々々しい。祈禱《きとう》で病が防げるのなら、私はこのような状態になっていない。志を達成するためにあんなに都合のよい団体が他になかっただけです」

悪びれたふうもなく答えた青巒に、翠珠は声を大きくした。

「枯花教の信者だから、天花ではなく痘苗をこの世から無くそうとしたのではないのですか？」

一瞬は痘苗を普及させるために、故意に痘瘡《とうそう》を流行させせようとしたのかと考えた。だがそうだとしたら、標的にした相手の身分が高すぎる。いくら副作用の可能性を説いたうえでの接種とはいえ、王府の子息や皇帝の寵姫《ちょうき》が犠牲となれば医官局も痘苗普及を躊躇せざるを得なくなる。

言い方は悪いが痘苗接種の普及のために犠牲にするのなら、貴人より庶民のほうが適当なのだ。となれば青巒の目的は、枯花教が訴えるように痘苗そのものを廃止しようとしたと考えたほうが妥当だった。

夕宵が自身の最初の思い付きを覆したのは、それも要因だったそうだ。

しかし青巒はそれを否定した。

「そのつもりでしたが、あなたの話を聞いて無理だと悟ったのですよ」

「私の話？」

そうよと青巒は言う。

「痘苗は新しい患者の痂《かさぶた》を必要としない。接種して発病させた者から痂を採ることを繰り返せば半永久的に得られる。だから痘苗の接種が普及すれば種が途切れることはなくなるのでしょう」

確かに以前にそういうことを言った。そのときは青巒の痘苗を完成させたいという言葉を鵜呑《うの》みにして意気揚々と明るい未来のように語った気がする。

しかし彼女の本心はちがっていた。となればさぞかし腹の中で、翠珠のことを嘲笑《あざわら》っていたことだろう。

「私には医術の知識がない。だから痘苗というものはいったん廃棄してしまえば、容易に作れるものではないと誤解していたのです。ですがそうではなく、いったん接種がはじまれば比較的安定的に供給できるものだと、あなたが教えてくれたのですよ」

「私を担当にしたのは、そのためですか？」

「ええ。痂採取の選抜隊にも選ばれているというので、あなたを傍に置いておけば色々と情報を得られるだろうと思ったのですよ。おかげで無駄な努力をせずにすみました」

怒りと屈辱で身体が震える。

「今回のすりかえが発覚せずに企てが奏功して、王府の子息や侍妾《じしょう》が天花を発症し、やはり痘苗は副作用が強すぎると一時的に遠ざけられたところで、天花が流行って周りの者がどんどん倒れていく姿を目の当たりにすれば、やはり接種しようということになるでしょう。なんせ半数は亡くなる病なのだから、厘の確率なら誰だってそっちを選ぶでしょう。子供だってできる計算ですよ――つまりどれほど遠回りをしたところで、痘苗を無くすことは不可能だと分かったのです」

二十年以上も引きこもっていたとは思えぬ時流を見通す目、理論立てた話しぶりからも青巒の明晰《めいせき》な思考を垣間《かいま》見《み》ることができる。

だが、その中にもかすかな違和感を覚える。

(なんだろう?)

その正体を探るため、翠珠は青巒の言葉に必死で耳を傾けた。

「痘苗が普及すれば、いずれ天花は撲滅するでしょう。まったく私をこんな目にあわせておいてのうのうと」

吐き捨てるような青巒の言葉が、先程まで抱いていた違和感を解決した。

――青巒は痘瘡ではなく、痘苗のほうに執着している。

まさか？　その思いから翠珠は穴が開くほど帳《とばり》を凝視した。あたかもその視線に気づいたかのように、青巒は言葉をしぼりだす。

「あのとき、景京では天花など流行していなかったのに」

翠珠は息を吞《の》んだ。

「痘苗《とうびょう》なぞ、接種しなければよかった」

頭を殴られて火花が散るような衝撃を受けながら、その反面でやはりそうかという納得する気持ちも存在していた。

いずれにしろ、最悪の想像が的中した。

青巒長公主は流行り病ではなく、痘苗接種の副作用で痘瘡に罹ったのだ。


ぽつりぽつりと、まるでわらべ歌を口ずさむように青巒は語りはじめた。

「確かに西州や南州ではその兆しはありました。いずれも陸海の交易都市。どうしたって景京への侵入は避けられない。当時の太医長から進言を受けた父帝は、七人いたわが子と宗室の者達にも痘苗接種を促したのです」

女医制度を認めた先帝は、医療に理解のある人物だった。当時はもっと数値は悪かったかもしれないが、厘の確率の副作用なら半数が死ぬ病をおめおめと待つより痘苗接種を選ぶだろう。ちなみに太医というのは、当時の侍医の呼称である。いまは医官局と宮廷医局の制度が整備されたので廃止され、太医学校という名称にその名残がある。

「痘苗さえなければ、こんなことにならなかったのに……！」

「ですが、そのあと景京には天花が流行し、猖獗《しょうけつ》を極めたと聞いております」

それまで黙っていた夕宵が静かに告げた。青巒に疑念を抱いた段階で、当時のことをすでに調査済みなのだろう。であれば動機も薄々察しがつく。

「もちろん宮廷も例外ではなく、身分を問わず多数の犠牲者が出た。妃嬪《ひひん》侍妾の中にも亡くなられた方が数名いたと聞いています。けれど痘苗を接種していた宗室の方々は全員その難を逃れ、今上も含めていまもご健在です」

「他人がどうなろうと関係はありません！」

喉《のど》を引き裂くような声で青巒は叫んだ。

「なぜ私なのです？　なぜ妹ではなかったのです？　弟ではなかったのです？　いとこではなかったのですか？　宗室の関係者が三十人も接種して、なぜ私だけがこんな目にあうのですか⁉」

まくしたてる青巒の息は荒い。彼女の呼吸機能を考えればそうとう苦しいはずだが、いまのところ留《とど》まる気配はない。痘苗に対する恨みが、難を逃れた他人すべてに移り変わっている。

「だというのに、父上は医官達を許した。私の顔をこんなめちゃめちゃにした者達を左遷だけで済ませるなんて……」

青巒は語尾を震わせる。だが皇帝とて、自分が命じたのだから医官達を処分することはできなかっただろう。暴君なら臣下に責任を擦《なす》りつけもするが、先帝は当時を知る者達からも賢帝と称されている。

子供達を痘瘡から助けたいと思っての措置だった。実際に七人のうち六人はそれで事なきを得た。三十人の親族も全員が無事だったのだから、痘苗の効果を否定することはできない。だからこそ、たった一人不運に見舞われた娘をより手厚く遇した。

「私はお前達医官の手で、こんな醜い顔にされてしまったのよ」

押し殺した声で青巒は言う。帳のむこうではきっと翠珠を睨《にら》みつけているのだろう。若くして一人だけ容貌《ようぼう》を奪われた青巒の憤りは理解できる。同じ立場にたてば翠珠もやり場のない恨みを胸にたぎらせるだろう。

そうやって一人の人間として青巒の気持ちに寄り添いながらも、医師としてそれはしかたがないことなのだという冷静な気持ちも存在していた。

医療にかぎらず、世の中に完全に安全なことはない。百人いたら百人、千人いたら千人に安全を保証することはけしてできない。犠牲者の率をいかにして下げてゆくかの努力。そしてその危険性を十分に説明したうえで、最後には患者自身に判断を委《ゆだ》ねることまでしかできない。

わきあがってくる青巒への哀れみを、翠珠は歯を食いしばって堪《こら》えた。

彼女の境遇には同情するし、医師として心は痛む。けれどその為に医術の発展を滞《とどこお》らせるわけにはいかない。まして青巒の行為は無関係の王府の子息、そしてこれは囮だったが礼侍妾を強毒性の痘瘡に罹《り》患《かん》させかねなかった。そうなったら彼等一人で終わらない。病は瞬く間に拡大してゆく。そんな恐ろしい行為に手を染めた彼女に共感するわけにはいかないのだ。

「医官への怒りはとうぜんだとしても、王府のご子息や侍妾の方が罹患するかもしれなかった危険性はどのようにお考えなのですか？」

　翠珠の問いに、青巒は声をあげて笑う。

「怖がることはありませんよ。天花が広がるだけ広がれば、それだけ多くの者に同じく醜い痕《あと》が刻まれる。みな同じ様相になれば、もう人目も怖くないわ」

　これまで聞いたこともないほどに朗らかに青巒は言った。まるで桃源郷を語るかのような物言いに怒りよりも恐怖を感じる。

「……天花に罹《かか》れば、半数近くの人が亡くなるのですよ」

「こんな醜い顔で生き残るぐらいなら、死んだほうがましでしょう」

　そんなことはない、と断言したかったが言えない。

　翠珠がそう思っているわけではない。実際にその顔で生きている青巒がそう思っているのなら、少なくとも彼女を相手に否定することができないだけだ。なぜなら彼女の此処《こ こ》までの苦しみを想像ができても、分かるなどというおためごかしは口が裂けても言えないからだ。

　翠珠は息をつめて帳を睨みつける。怒りと良心の呵責《かしやく》に心がせめぎあう。二つの感情のどちらか一方にだけ傾いてはならないと思った。

「それがあなたの目的ですか？」

夕宵の問いに、青巒はふんっと鼻を鳴らしただけだった。

痘瘡《とうそう》を拡大させて、自分と同じ境遇の者を増やす。自身を慰めるためか、あるいは世間への強烈な復讐《ふくしゅう》心なのか。そのためには何千何万の人間が死んでもかまわない。なぜなら彼女にとって、痘瘡で死ぬことは生き残るより幸せなことなのだから。

冷え冷えとした室内に沈黙の帳が落ちる。

「――この件は陛下に奏上致します」

夕宵は言った。

「あなたさまは皇姉ゆえ、私では処分を判断致しかねます。正式な処分は主上がお下しになるでしょう。ですが沙汰《さた》が決まるまでの措置は許可をいただいております。本日より山茶花殿の門を閉ざし、周囲には内廷警吏官達を配備します」

ようするに禁足である。

帳越しに見える青巒の影は身じろぎひとつしなかった。彼女からすれば禁足自体は恐れるに足らぬ処分であろう。いままでだって、ほぼ禁足のような生活をしていた。ただ以前は貞医局長が、近頃では翠珠が彼女のもとを訪ねていたことが無くなるぐらいか。しかし医官を憎んでいた彼女はそれでせいせいするだろう。

案の定、青巒は嘲笑《あざわら》う。

「いまさら、そのようなことを」

とうぜんのようにひるむ気配のない青巒に、翠珠は一抹の不安を覚えた。

痘苗を廃止したい、もしくは痘瘡を拡大したいという彼女の執念はどちらも叶《かな》わなかった。それなのに、なぜこんなに落ちついているのか。無念ではないのか？　あるいはすでに観念してしまっているのか。

しばらく反応をうかがっていた夕宵だったが、青巒がなにも言わないので諦《あきら》めたように肩を落とした。彼からすればなにかひとつでも良心をうかがわせる言葉を聞きたかったのではあるまいか。

夕宵は青巒の素顔を見ていない。痘瘡によって彼女の容貌がどれほど無残に崩されたのかが分からなければ、その苦悩は翠珠ほどには真に迫るまい。それゆえいくら常軌を逸した言葉を聞いても、まだ青巒の正常な精神に無意識のうちに期待している。

だが、彼が望んでいた反応は得られなかった。

「これで失礼します」

そう言って夕宵は翠珠にも退出を促した。翠珠は首肯し、青巒のほうをむきなおった。

彼女にどのような処分が下されるのかはわからないが、おそらく二度と会うことはないだろう。どんな言葉をかければよいのか。いや、なにも言わずに立ち去るべきかもしれない。青巒からすれば医官など憎むべき対象でしかない。顔はもちろん声も聞きたくないのだろう。未練を断ち切って踵《きびす》を返そうとしたときだった。

「李少士」

ふいに呼び止められて足を止める。その瞬間、帳《とばり》が大きくひるがえった。

の異相に目を奪われる。だから彼女が手にしていたものにまったく気付かなかった。反射的にその蓋頭《がいとう》もなにもかぶらない、顔を剝《む》き出しにした青巒が飛び出してきた。

青巒は大きく手を振りかざし、翠珠にむかって振り下ろした。とっさに顔をそむけたさいに、顎《あご》から首にかけて細くて鋭い痛みが走った。

「李少士！」

夕宵が叫びとともに翠珠の身体を引き寄せる。しかし青巒はそれ以上襲い掛かってはこなかった。帳の前で仁王立ちして、翠珠達を睨みつけている。いや、瘤《こぶ》に埋められた顔面が作る表情はまったく分からなかった。

翠珠を胸に引き寄せた夕宵は、息を吞《の》んで青巒の顔を見つめている。衝撃に物も言えないでいる。取りつくろうことができなくてもしかたがないほどの無残な顔貌《がんぼう》だった。

青巒は右手に、小さく細い錐《きり》のようなものを握っていた。それがなんであるのかを理解した瞬間、翠珠は顔を強張《こわば》らせた。

痘苗《とうびょう》を接種するための針だった。

だが針先になにかついていたとしても、それはおそらく痘苗ではないだろう。

「天花で死んだ人間の痂《かさぶた》よ」

青巒は高らかに告げると、針を放り出した。そのまま天井にむかって哄笑《こうしょう》する。

翠珠はひりひりと痛む顎のあたりを押さえた。生暖かい感触があった。出血しているのかもしれない。

「お前も天花に罹ってみればいい。そうして仲間の医官達にも拡大してくれれば、私にもよい冥途《めいど》の土産になるというもの」

「長公主――」

「やめてください」

翠珠は夕宵を引き留めた。夕宵は翠珠を見下ろす。翠珠は押し殺した声で「どうにもなりません」と言った。青巒はいっそう高らかに笑う。その彼女を残して、二人で部屋を出た。

扉を閉ざしてもなお、青巒の笑い声が響いてくる。

正義を貫くのなら言うべきだったのかもしれない。翠珠はすでに痘苗を接種しているから、そんなことをしても天花を発症はしないと。真相を告げて彼女を絶望させてやればよかったのだ。何千何万もの無関係な人間を、自分の不幸の道連れにしようとした極悪人に情けをかける必要などない。

けれど――。

前庁で夕宵が部下達になにか指示をしている。翠珠はそれを待たずにふらふらと表に出た。いつのまに降りはじめたのか、敷石にはうっすらと雪が積もっていた。寒いとは感じなかった。音もなく降りつづける雪が視界を閉ざす。先がよく見えないままのろのろと進む。

気が付くと門を抜け、回廊前の山茶花《さざんか》の生垣の前まで出ていた。はらはらと地面に散った赤い山茶花の花弁に白い雪がしんしんと降り積もってゆく。山茶花殿を出たときに比べて雪の勢いはいや増していた。

その場にたたずみ、翠珠は降り積もる雪が花弁をおおい隠してゆくさまを眺めていた。

ふと背中に人の気配を感じ、次に冷え切った身体がぬくもりを感じた。

「凍え死ぬぞ」

いつのまにか後ろに立っていた夕宵が言った。肩口を見ると外套《がいとう》がかかっていた。前庁で預けたまま持たずにここまで来てしまっていた。

「すみません」

くぐもった声で翠珠が言うと、夕宵はゆっくりと頭を振った。

けれどそれきり交わす言葉もなく、申し合わせたように二人は無言で降り積もる雪を眺めていた。しんしんと降り続ける雪はいつのまにかすべての赤い花弁をおおっていた。花はすべて散っており、生垣には寒気の中でも変わらぬ常緑の葉が茂るだけだった。

もう二度とここの花を見ることはないのだろうと翠珠が思ったとき、雪で埋め尽くされた地面にじわりと赤いものがにじんでいることに気づく。まだ花弁が残っていたのかと注視すると、それははずみで開いた顎の傷から滴り落ちたばかりの自分の鮮血だった。


報告を受けた皇帝は、姉の禁足処分を無期限に延長した。

捕えられていた宦官《かんがん》は、彼女の世話をさせるという目的で山茶花殿に戻された。

正式な処分は吟味して決めるとのことだが、青巒の病状を考えれば幽閉して亡くなるのを待つという意図だろう。そうなれば表向きは厳しい処分をせずにすむので、陵墓に葬ってやることができる。

実際にその半年後、梅雨入りの少し前に青巒は死去した。

比較的若い使用人達は他所《よそ》に移った。彼らは直接的に青巒の世話をしていなかったのでその容貌《ようぼう》は知らなかったという。後に彼らから聞いた話では、青巒の身の回りの世話は乳母とその夫である宦官がしていたそうだ。

青巒の死後、二人は彼女の遺骸《いがい》を棺《ひつぎ》に納めて蓋《ふた》が開けられないように釘《くぎ》を打った。そうして共に棺のそばで殉死をしていた。

莉国では、二代目皇帝太宗の時代から殉葬制度は廃止されている。初代皇帝が亡くなったときに殉葬させられた妃《きさき》が身籠《みごも》っていたことがのちに分かったからだ。

皇帝でさえ殉死を強要しないのに、臣下がそれを望むことはできない。その結果、官民ともに殉葬は廃れたのだった。よって主人に殉ずる使用人は、よほどの忠義者かその人を慕っていた者だけだ。

杏花舎に入りこんだ宦官に、青巒は罪をなすりつけなかった。保身もあったのかもしれないが、彼を解放しようと手を尽くしていた。翠珠は乳母とはろくに言葉を交わしたこともなかったが、傍目《はため》から見てもかゆいところに手が届くように青巒を世話していた。

そういう点から鑑《かんが》みて、ひょっとして青巒は周りが思うほどには孤独ではなかったのかもしれないし、そもそも孤独が不幸であるなど、なんの障りもなく日常を過ごせる者の傲慢《ごうまん》な思い上がりかもしれなかった。

半年が過ぎたからこそ、そのように青巒の死を受け止めることができた。しかし事件直後はなかなか割り切ることができずに、特に年末から年明けにかけて翠珠はだいぶ苦悩したものだった。

青巒の事件が発覚してすぐに年が明け、初冬の花である山茶花はすべて散り落ちた。一面銀世界の日も珍しくなくなった宮廷の院子《にわ》では、鮮やかな椿、豪奢《ごうしゃ》な寒牡丹《かんぼたん》、芳しい蠟梅《ろうばい》がそれぞれに彩を添えている。

調剤室ではいくつもの薬缶《やかん》が湯気を噴き、ことこと音をたてて蓋を揺らしている。室内は贅沢《ぜいたく》に炭を使った富裕の部屋のように暖かい。

作業台の上で頬杖《ほおづえ》をつき、翠珠は複数の砂時計を漫然と眺めていた。常駐の下男は食事を取りに席を外しているから在室は一人である。

「どの時計か分かっているの？」

ちょっとだけ叱りつけるような声音に、びくっと身を震わせる。入口の内暖簾《のれん》をかき分けて入ってきたのは紫霞だった。ぼんやりとしていた自覚はあったので、翠珠は気を引き締めるように「もちろんです」と殊更大きな声で答えた。

「右から二番目です」

「礼侍妾《じしょう》さまの薬よね。えっと膈下《かくか》逐瘀《ちくお》湯《とう》か……状態はどう？」

「今月の月のものも動ける程度には軽かったようです。御本人はそろそろ止めてもいいんじゃないかと仰せですが、罹病《りびょう》期間が長いのでもう少し服薬していただこうと考えています」

「患う期間が長ければ、それだけ治癒に時間がかかる。今度からはがまんをしないで早いうちに教えてくださいとお伝えしておきなさい」

「わかりました」

いつも以上にてきぱきと語る紫霞に対して、翠珠の物言いには覇気がない。彼女と連日顔をあわせる人間ならすぐに分かるほどに沈んでいる。笑顔は作れる。仕事へのやりがいも責任感もある。けれど心の芯《しん》に冷えた部分がある。

礼侍妾は薬の効果を実感して感謝してくれている。今日会った女官は、肩凝りからの頭痛に葛根湯《かっこんとう》を出してもらって症状が軽くなったと礼を言ってくれた。昨日は宦官が、もらった湿布薬で打撲の痛みがずいぶんと引いたと喜んでいた。

去年までなら、そう言ってもらうたびに胸がはずんでいた。

けれど青巒の事件が起きてから、常にわだかまりのようなものが存在して、患者からの称賛や感謝を素直に受け止められないのだ。

河嬪のときも、もちろん気持ちは沈んだ。けれどあのときは自分の無力を感じはしたけれど、だからこそ前を向かなければと思えた。不治の病を患ったがために自らの身体を痛めつけなければならなかった彼女のために、その病を治すために闘わなければならないと考えたのだ。

だが青巒のことは、そんなふうに思えない。

あたり前だ。彼女は医者が病にしてしまった――あなたには酷な結果になってしまったのだから。

「貞医局長が、あなたには酷な結果になってしまって申し訳ないと言っていたわよ。今回はあなたが全医官の盾になったようなものだって」

そう言って紫霞は、翠珠の顎《あご》のあたりに目をむけた。青巒につけられた傷はごく小さなもので、しかも普通にしていれば正面からは見えない部分だった。それなのに紫霞は、顔に大きな傷を負った乙女に対するような眼差《まなざ》しをむけてくる。

翠珠はゆっくりと頭を振った。

「いえ。そもそもは私が勝手に山茶花殿まで足を運んだことが切っ掛けですから」

いったいどういった偶然で、青巒と自分は遭遇したのだろう。

滅多に外に出ない、しかも蓋頭《がいとう》をはずした彼女と。

青巒が素顔をさらしていたのは、あの生垣があったからで、まさか隙間から自分の姿を垣間《かいま》見《み》られるとは思ってもいなかったはずだ。翠珠もあの瞬間、生垣の隙間に目を向けなければ青巒と会うことはなかった。

だがほんのわずかな一瞬だけ、気まぐれのように双方の意思が重なった。

なにもかも些細《ささい》な偶然だった、翠珠が青巒の標的とされたことは。

青巒が痘苗《とうびょう》普及の阻止から医官への復讐《ふくしゅう》と目的を変えていたのなら、その標的は貞医局長でもよかったのだ。なにしろ青巒は翠珠一人ではなく、すべての医官を憎んでいるのだから。

そういう人間は、青巒だけではなくこの世に一定数いるのだろう。

なぜなら医術も含めて、世の中には完全に安全というものは存在しない。十人の内の一人、一万人の内の一人と率はそれぞれだが、何事においても技術の進歩の過程で必ず犠牲者が存在する。しかし一人の危険を回避するために、九千九百九十九人の危険を手をこまねいてみていることはできない。

もはや開き直るしかないと分かっていても、だからこそ救いの手から零《こぼ》れ落ちてしまった一人のことをけして忘れてはならない。

「そういう人の存在を、知らなくてはいけないと思ったから行ったのでしょう」

紫霞が言った。山茶花殿に足をむけた理由を訊《き》かれたとき、翠珠はそう答えた。いまでもその思いは変わらない。こんな結果になってしまったことは辛《つら》かったけれど、だったら知らなければよかったと思うほど幼稚な人間ではない。

「はい。だから、そのうちきっと乗り切ります」

必死で前をむく翠珠に、紫霞は柔らかい微笑みを浮かべた。

ゆっくりと落ちていた砂時計の中にも、だいぶん残りが少ないものが増えていた。そのうち一つは完全に砂が落ちてしまったので、自分のぶんではなかったが翠珠は薬缶を炉から上げた。

「もう誰よ、自分がかけた分を忘れるなんて」

「すみません、俺です」

内暖簾をかきわけて飛び込んできたのは霍少士だった。彼はぺこぺこと頭を下げつつ薬缶を受けとり、その手ですぐに薬を濾す。時間をおくと薬の成分が生薬に戻ってしまうので迅速さが大切な作業なのだ。

「李師姐《シージエ》、ありがとうございました」

「いいよ。粘《ねん》さんがご飯を食べにいっているからね」

粘さんとは下男の名前である。

「はあ、すみません。実はここに来る時にちょっと捕まってしまいまして」

霍少士は頭をかいた。

「捕まる？」

「院子で鄭御史に会いました。仕事があるといってすぐに帰っていきましたけど、師姐への差し入れだと言って焼き菓子をいっぱい置いていきましたよ」

「……」

「まあ、忙《せわ》しないこと。お茶でも飲んで行けばいいのに」

呆《あき》れたように紫霞が言うが、翠珠は戸惑いからとっさに言葉が出ない。

山茶花殿の生垣の前で、翠珠がそうとうに打ちひしがれていたことは夕宵も悟っただろう。けれどあの時、彼はなにも言葉をかけようとはしなかった。河嬪の元から帰るときと同じように――。

それでよかったのだ。なぜならあのときの翠珠は、慰めを必要とはしていなかった。君は悪くない。しかたがないことだった。通常であれば彼もその類《たぐい》の言葉をかけたのかもしれない。けれど翠珠をはじめ多くの医師達の苦悩の原因はその先にある。だからあの痛みに自分は耐えなければならないと思っていた。

医師の使命であり宿命でもあるその痛みの存在を、夕宵は察していたのかもしれない。だから彼は外套《がいとう》を着せかける以外の優しさを見せなかったし、もとより翠珠も他人にはなにも求めていなかった。

しかしこうして年が明けてから菓子を差し入れてくれた夕宵の心遣いを思うと、萎《な》えていた心にようやく力が漲《みなぎ》ってくる気がした。

気を取り直して、翠珠は表情を和らげた。

「いっぱいって、そんなに？」

「はい。籠《かご》に山盛りでしたよ」

にこにことして霍少士が答える。翠珠は紫霞と霍少士の顔を順繰りに見て、久しぶりに声をはずませた。

「じゃあお茶を淹《い》れて、皆でいただきましょうよ」

「いいですね」

ぱっと顔を輝かせる霍少士に、紫霞がまるで子供を見るように笑った。

参考文献

『症例から学ぶ和漢診療学』寺澤捷年／医学書院
『史上最強カラー図解　プロが教える東洋医学のすべてがわかる本』平馬直樹、浅川要、辰巳洋／ナツメ社
『中医学教科書シリーズ②　中医婦人科学』辰巳洋（主編）／源草社
『中医学教科書シリーズ⑥　中医内科学』辰巳洋（主編）／源草社
『図説中医学入門　疾病の予防と治療』張志斌（著）、古川智子（訳）／科学出版社東京

本書は書き下ろしです。
この作品はフィクションであり、実在の人物、団体等とは一切関係ありません。

華《はな》は天命《てんめい》に惑《まど》う

莉《り》国《こく》後《こう》宮《きゅう》女《じょ》医《い》伝《でん》　二

小《お》田《だ》菜《な》摘《つみ》

令和6年 2月25日　初版発行

発行者●山下直久

発行●株式会社KADOKAWA
〒102-8177　東京都千代田区富士見2-13-3
電話　0570-002-301（ナビダイヤル）

角川文庫 24033

印刷所●株式会社暁印刷
製本所●本間製本株式会社

表紙画●和田三造

ISBN 978-4-04-113795-6　C0193

◇◇◇

角川文庫発刊に際して

角川源義

第二次世界大戦の敗北は、軍事力の敗北であった以上に、私たちの若い文化力の敗退であった。私たちの文化が戦争に対して如何に無力であり、単なるあだ花に過ぎなかったかを、私たちは身を以て体験し痛感した。西洋近代文化の摂取にとって、明治以後八十年の歳月は決して短かすぎたとは言えない。にもかかわらず、近代文化の伝統を確立し、自由な批判と柔軟な良識に富む文化層として自らを形成することに私たちは失敗して来た。そしてこれは、各層への文化の普及滲透を任務とする出版人の責任でもあった。

一九四五年以来、私たちは再び振出しに戻り、第一歩から踏み出すことを余儀なくされた。これは大きな不幸ではあるが、反面、これまでの混沌・未熟・歪曲の中にあった我が国の文化に秩序と確たる基礎を齎らすためには絶好の機会でもある。角川書店は、このような祖国の文化的危機にあたり、微力をも顧みず再建の礎石たるべき抱負と決意とをもって出発したが、ここに創立以来の念願を果すべく角川文庫を発刊する。これまで刊行されたあらゆる全集叢書文庫類の長所と短所とを検討し、古今東西の不朽の典籍を、良心的編集のもとに、廉価に、そして書架にふさわしい美本として、多くのひとびとに提供しようとする。しかし私たちは徒らに百科全書的な知識のジレッタントを作ることを目的とせず、あくまで祖国の文化に秩序と再建への道を示し、この文庫を角川書店の栄ある事業として、今後永久に継続発展せしめ、学芸と教養との殿堂として大成せんことを期したい。多くの読書子の愛情ある忠言と支持とによって、この希望と抱負とを完遂せしめられんことを願う。

一九四九年五月三日

華は天命を診《み》る

莉《り》国《こく》後宮女医伝

小田菜摘

街の名医になるはずが、なぜか後宮へ!?

19歳の新人医官・李翠珠《りすいしゅ》は、御史台が街の薬舗を捜査する現場に遭遇。帝の第一妃が、嬪の一人を流産させるために薬を購入した疑いがあるらしい。参考人として捕まりかけた店主を、翠珠は医学知識で救う。数日後、突然翠珠に後宮への転属命令が！　市井で働きたかった翠珠は落ち込むが、指導医の紫霞《しか》や、後宮に出入りする若き監察官・夕宵《ゆうしよう》など、心惹かれる出会いが。更に妃嬪たちが次々病になり……。中華医療お仕事ミステリ、開幕！

角川文庫のキャラクター文芸

ISBN 978-4-04-112728-5

後宮の宵に月華は輝く

琥珀国墨夜伝

紙屋ねこ

冥府の王に気に入られ、後宮に潜入!?

名家の娘ながら代書屋を営む藍夏月《らんかげつ》は、人ならぬものと縁があり、幽鬼からの代書も引き受けている。しかしある日、うっかり転んで死んでしまった！　気づけば彼女は冥府の王、泰山府君《たいざんふくん》の前にいた。ここで死ぬわけにはいかないと、夏月は冥界でも懸命に働き、条件付きで蘇ることに！　それは現世で泰山府君の調べ物を手伝うこと。生き返った彼女は王城で女官勤めをすることになり……。天才代書屋少女が後宮の闇を暴く、中華ミステリ！

角川文庫のキャラクター文芸

ISBN 978-4-04-113600-3

皇帝の薬膳妃

紅き棗《なつめ》と再会の約束

尾道理子

〈妃《きさき》と医官〉の一人二役ファンタジー！

伍尭國《ごぎょうこく》の北の都、玄武《げんぶ》に暮らす少女・董胡《とうこ》は、幼い頃に会った謎の麗人「レイシ」の専属薬膳師になる夢を抱き、男子と偽って医術を学んでいた。しかし突然呼ばれた領主邸で、自身が行方知れずだった領主の娘であると告げられ、姫として皇帝への輿入れを命じられる。なす術《すべ》なく王宮へ入った董胡は、皇帝に嫌われようと振る舞うが、医官に変装して拵《こしら》えた薬膳饅頭が皇帝のお気に入りとなり——。妃と医官、秘密の二重生活が始まる！

ISBN 978-4-04-111777-4

香華宮の転生女官

朝田小夏

転生して皇宮入り!? 中華ファンタジー

「働かざる者食うべからず」が信条の貧乏OL・長峰凜《ながみねりん》、28歳。浮気中の恋人を追って事故に遭い、目覚めるとそこは古代の中華世界！　側には死体が転がっており、犯人扱いされるが、美形の武人・趙子陣《ちょうしじん》に助けられる。どうやら彼の義妹・南凜《なんりん》に転生したらしい。子陣の邸で居候を始めた凜は、現代の知識とスキルで大活躍。噂が皇帝の耳に入り、能力を買われて女官となる。やがて凜は帝位転覆の陰謀を知り、子陣と共に阻止しようとするが――。

角川文庫のキャラクター文芸

ISBN 978-4-04-112194-8

王妃さまのご衣裳係

路傍の花は後宮に咲く

結城かおる

第5回角川文庫キャラクター小説大賞隠し玉!

涼国《りょうこく》の没落貴族の娘・鈴玉《りんぎょく》は女官として後宮に入り、家門再興に燃えていた。だが見習いの稽古は失敗続き。真っすぐな性分も災いして、反抗的とされてしまう。主上の寵愛深い側室づき女官となって一発逆転を狙うも、鈴玉を指名したのは地味で権勢もない王妃さまだった。失望する鈴玉だったが、ある小説との出会いが服飾の才能を開花させる。それは自身の運命と陰謀渦巻く後宮をも変えていき……⁉　爽快な王道中華ファンタジー！

角川文庫のキャラクター文芸

ISBN 978-4-04-111514-5

宮廷神官物語 一

榎田ユウリ

何回読んでも面白い、極上アジアン・ファンタジー

聖なる白虎の伝説が残る麗虎国《れいここく》。美貌の宮廷神官・鶏冠《けいかん》は、王命を受け、次の大神官を決めるために必要な「奇蹟の少年」を探している。彼が持つ「慧眼《えげん》」は、人の心の善悪を見抜く力があるという。しかし候補となったのは、山奥育ちのやんちゃな少年、天青《てんせい》。「この子にそんな力が？」と疑いつつ、天青と、彼を守る屈強な青年・曹鉄《そうてつ》と共に、鶏冠は王都への帰還を目指すが……。心震える絆と冒険を描く、著者渾身のアジアン・ファンタジー！

角川文庫のキャラクター文芸

ISBN 978-4-04-106754-3

後宮に星は宿る

金椛国春秋

篠原悠希

この無情なる世の中で、生き抜け、少年!!

大陸の強国、金椛国《きんかこく》。名門・星家《せいけ》の御曹司・遊圭《ゆうけい》は、一人呆然と立ち尽くしていた。皇帝崩御に伴い、一族全ての殉死が決定。からくも逃げ延びた遊圭だが、追われる身に。窮地を救ってくれたのは、かつて助けた平民の少女・明々《めいめい》。一息ついた矢先、彼女の後宮への出仕が決まる。再びの絶望に、明々は言った。「あんたも、一緒に来るといいのよ」かくして少年・遊圭は女装し後宮へ。頼みは知恵と仲間だけ。傑作中華風ファンタジー！

角川文庫のキャラクター文芸

ISBN 978-4-04-105198-6